白鹭在冰面上站着

雷平阳——著

译林出版社

图书在版编目（CIP）数据

白鹭在冰面上站着 / 雷平阳著. —南京：译林出版社，2023.9（2024.10重印）

ISBN 978-7-5447-9732-0

Ⅰ.①白… Ⅱ.①雷… Ⅲ.①散文集 – 中国 – 当代 Ⅳ.①I267

中国国家版本馆CIP数据核字（2023）第084416号

白鹭在冰面上站着 雷平阳 / 著

责任编辑 侯擎昊
装帧设计 侯海屏
校　　对 蒋　燕　戴小娥
责任印制 闻媛媛

出版发行 译林出版社
地　　址 南京市湖南路1号A楼
邮　　箱 yilin@yilin.com
网　　址 www.yilin.com
市场热线 025-86633278
排　　版 南京展望文化发展有限公司
印　　刷 苏州越洋印刷有限公司
开　　本 850毫米 ×1168毫米 1/32
印　　张 8.625
插　　页 4
版　　次 2023年9月第1版
印　　次 2024年10月第2次印刷
书　　号 ISBN 978-7-5447-9732-0
定　　价 59.00元

序 言

平阳别有深情

贾梦玮

我喜欢平阳《白鹭在冰面上站着》的抒情性。它的抒情性是潜在的，巨大的情感吞吐量，不仅体量巨大，而且汹涌湍急。但不是表面的呐喊抒发，静水深流，湍急之水竟也不见波澜。

这得力于他独特的抒情方式。平阳善于借叙事、借人物形象塑造抒情，准确叙写事物肌理、人物的身心，这是对作家能力的最大挑战。王充所说的“饰貌以强类者失形，调辞以务似者失情”，调辞务似，是最本质也是最难的抒情方式。抑或状物抒情，议论竟也可以抒情。刘大櫆在《论文偶记》中说：“理不可以直指也，故即物以明理；情不可以显出也，故即事以寓情。即物以明理，《庄子》之文也；即事以寓情，《史记》之文也。”《史记》中的“本纪”和“列传”不少就具有抒情的色彩；唐诗中一些名句，不少是借议论分析来抒情；《庄子》中的“物”，在平阳这里也能“即物生情”。平阳继承并发挥了中国传统的抒情方式，取得了深情婉转、厚重绵长的抒情效果。

无论是借叙事抒情，通过人物形象抒情，还是以议论抒情，叙、议、情结合，前提是：作者须是个有情人。唐文治在《国文大义》中说：“天下惟有真性情者乃能为大文章。昔左文襄有言：‘世人统称才情，若人而无情，才于何有？’此语可谓千古名言。文襄系才士，而其言如此，世之讲修身者不可不知此言，讲文学者尤不可不知此言。孟子云：‘乃若其情，则可以为善矣。’又云：‘若夫为不善，非才之罪也。’情居才之先，情之挚者乃能善用其才。”平阳乃有情之人，他的“情”本自经验和自然，不是来自书本和教育，可靠而经久。

关键还是情感的质量，要看他抒的是什么“情”。恩斯特·卡西尔在《人论》一书中说：“抒情诗人并不仅仅只是一个沉湎于表现感情的人。只受情绪支配乃是多愁善感，不是艺术。一个艺术家如果不是专注于对各种形式的观照和创造，而是专注于他自己的快乐或者‘哀伤的乐趣’，那就成了一个感伤主义者。”平阳不是抒发自己的私情，甚至也不是借他人的杯酒浇自己的胸中块垒，他是“别有深情”。《钟山》文学奖颁给平阳的这组散文，颁奖词说：“每一篇文章就是一曲农业文明或故土的挽歌，雷平阳在他的散文书写中坚持着他的诗歌秉持的地方性和小叙事，以此凝视、静观和告慰着他熟悉的山水、亲切的乡民和敬畏的神灵，看似散淡、闲适的书写中涌动着朴素而执拗的力量，借由一方山水抵御似乎锐不可当的文明现实。”平阳以那样的方式“朴素而执拗”表达这样的情感，形成了独特的抒情风格：沉郁而炽热，粗粝而瑰丽。“沉郁”是现实的“赠予”，“炽热”是对山水、人事的担忧、关切与爱。“粗粝”是自然、人生的本来面貌，“瑰丽”是作者的多面精彩的表达，意象出奇、色彩丰富、音韵婉转，给人以瑰丽之感。这看似矛盾的风格，给人以强烈的审美感受。

平阳始终是一个行吟者、探求者。我想他绝不会同意普罗泰戈拉所说的“人是万物的尺度”，人太狂妄了。山川气息，草木精神，他既是在做始发文明的田野调查，也是在寻找与灵魂对等的尺寸，思考检验文明的尺度，并且搜寻始发文明和当代生活之间对接的榫卯。这种寻求也许不会有明确的答案，但寻找的过程本身就是意义，杜甫所说的“篇终接混茫”，这种混茫可能是一种表面的茫然，孕育着新的探求光彩。

平阳的这组散文给《钟山》的非虚构专栏贡献了新质。《钟山》从世纪之初开始倡导非虚构写作，近二十年来有一大批作家参与了《钟山》倡导的非虚构文学探索，群星闪耀，文思璀璨。平阳是我们考察众多作家之后选中的专栏作家，他在《钟山》开设非虚构文学专栏“泥丸小记”，今年已是第五个年头，而且还将继续和《钟山》一起来探索非虚构写作的新课题。“泥丸小记”（结集为《白鹭在冰面上站着》）充分证明了：雷平阳不仅是一个优秀的诗人，也是一位优秀的非虚构文学作家，一位优秀的散文家。

参与编辑出版此书的人，也是“别有深情”吧。

目 录

断面：五叙事

表哥

表哥说，从记事起，他每天晚上都在做着同一个梦：他到一座寺庙去烧香，一旦跪下来，肚子就会饿得像饿死鬼抓心。因此，他也总是会一跃而起，不顾一切地去抢菩萨座前的供果狼吞虎咽。这时，总是同一个和尚来到他的身边，拍拍他的肩膀，把他引到一张饭桌前，看着他毫无节制地吃，直到他活活被撑死。

表哥最终死于胃癌，活了五十三岁。村子里的人都走光了，他的儿子心想不会有太多的人来参加他的葬礼，从医院的太平间，直接就把他送到了城郊的火葬场。而且，因为乡下正在禁止土葬，就把他的骨灰盒存放在了火葬场的仓库中。昨天晚上，他托梦给我，说他对儿子的安排一点也不生气，人世间的事情再无理再无情，他都释怀了。唯一让他不太舒服的是，他现在的邻居大多数都是公安机关送来的无人认领的孤魂野鬼，而且基本上都是死于凶杀和车祸，个个都残缺不全，整天血淋淋的。

当然，他还告诉我，他终于找到了那一座寺庙，就在火葬场旁边的松树林中，他现在天天都去找那个和尚下盲棋。一边下棋，一边听火葬场里传来的哭声和鞭炮声。

蟋蟀

送信的人骑着自行车来了，后架上挂着两个绿色的帆布包。我和几个少年玩伴正在粪堆旁边斗蟋蟀，他停住自行车，一脸笑容地走过来，弯下腰就对我说："坟地里抓到的蟋蟀牙齿最硬，最恶。"我看了他一眼，他绿色的军帽上有大块大块的白色汗渍，衣领上也黑油油的。他接着说："因为那种蟋蟀是吃死人的骨头长大的，叫声也比其他蟋蟀更有威慑力和穿透力。”他说话的时候，眼光是绿色的，束状，冷冰冰的。我想躲开他的眼光，但他的眼光就像有着特殊的引力，我躲不开。他说：“今天，我从你外公的坟边经过，就听见他的坟草里有一只蟋蟀叫得令人心里发慌……”

那时已是暮春了，雨水早已把板结的土地泡得软绵绵的，万物生长，天下都充满勃勃生机。按照人们的说法，这种时候的蟋蟀已到垂死阶段，一点儿战斗力和欲望都没有了。我们之所以还在铺天盖地的植物中寻找蟋蟀，斗蟋蟀，是因为我们无所事事，不知道还有什么更好的事情可供我们打发一个又一个漫长的白天。是的，无所事事，当大人们都被叫了去开挖人工河，村庄里便空空荡荡，鬼影子都没几个。送信人说：“有一次，我在一个杀人犯的坟上逮住了一只蟋蟀，有大拇指那么大，整整一个月，它没有找到过对手。”

后来，我还真的去了一次外公的坟头。绿草茵茵，一片开放了的野花，散发着接近于腐臭的香味。我在坟头上坐了很久，还睡了一觉，没有听见一声蟋蟀的鸣叫。当天晚上，坐在家门口白晃晃的月光里，我跟母亲说起这件事儿，母亲说：“你怎么会相信鬼话连篇的送信人，你外公的坟是衣冠冢。”在母亲的记忆中，外公三十岁左右就出了家门，去了哪儿，死在了哪儿，谁都不知道。外婆私下琢磨，觉得外公一定死了，狠狠心，在有一年的清明节，给外公建了那座衣冠冢。我问母亲："如果有一天外公又回来了，怎么办？"母亲没有吭声。白晃晃的月光里，邻居家的一条狗，坐在不远处，对着出村的道路，漫无目的地叫了好一阵子。

清晨

鸡刚叫过两遍，几个闲散的人不约而同地就起床了。有的是垂死者、鳏夫，但也有年轻气盛的青年人。红土垒筑的屋子里黑乎乎的，仅有的一个窗子也还没有光照射进来，但他们一般都不开灯，摸索着把衣裤穿上，脚上趿一双拖鞋就出了门。

春夏秋冬四个季节，春天的空气里有股骚劲，夏天多雨，秋天的村巷中往往会堆放着从地里收回来的玉米棒子，冬天有凛冽的寒风和积雪，他们都不会因为季节的局限性和多义性阻碍自己的早课。几个人，吸着鼻涕，瘸着腿或敞着胸膛，早早地便汇聚到了张大旺杂货铺门口的草棚内。张大旺比他们起得更早，已经拆卸了店铺的挡板，坐在一盏马灯昏黄的光圈里。谁也不跟谁招呼，右手举起来，向张大旺做出一个上酒的姿势，张大旺就用二两一个的铁皮提子，往酒坛里打酒，扑通扑通的声音和空气中迅速漫开的劣酒味儿，令几个酒鬼眼睛发亮。上了酒，张大旺就用粉笔在墙上按名字记下数目，或者掉头叫一声某某，告诉那人该还酒钱了，再这么拖着，进货的钱就没有了。那人照例会哼哼几声，有时也会问张大旺，能不能用鸡鸭大米之类的东西来冲抵。

“夜里没见阎王派出的小鬼来抓你？”有人这么问垂死者。垂死者不想接这咒人的话茬，偏着头向瞎子：“昨晚的月亮发红，听人说你一个人坐在屋顶上看了很久？”瞎子习惯了类似的糟蹋人的语言，置之不理，冲着草棚的角落问鳏夫：“你隔壁的小媳妇前晚去找你了，有人在你窗下偷听，说你们……”鳏夫有阳痿病，知道瞎子在羞辱自己，呷了口酒后，这才问瘸子：“我昨天听瞎子说，你们家祖坟上的柏树，全被人偷砍了，都做了拐杖，正在乡街子上叫卖，不知道是不是真的？”这时候，瘸子的酒已经喝光了，举着碗，正喊张大旺，说还要二两。张大旺不想再赊酒给瘸子，磨蹭着，装着没听见，祖坟受了凌辱的瘸子一下子就火了，高声地大骂起来：“张大旺，我日你先人，你儿子落水那天，老子是在现场，但老子真的救不了他，你怎么能怪老子见死不救？快点，给老子再来二两！”边说，边一瘸一拐地冲到柜台前重重地把碗砸在柜台上……

天空慢慢地就亮了起来。每一个清晨，最先从杂货铺门口经过的，不是别人，是鳏夫的前妻。她疯了多年，一身白衣服，一头白发，唱着一首接一首的山谷里哀怨的情歌。之后，依次出现的是垂死者的儿子、瘸子的父母、瞎子的女儿和几个匿名的佛教徒，他们各有营生，亦各怀心事，机械性地出现又消失，从来也不朝杂货铺这边看上一眼。杂货铺门口的这群酒鬼偶尔会喊他们，他们只会头也不回地应一句："喊魂吗？”那几个匿名的佛教徒，不是村庄里的人，对酒鬼而言，他们来无来处，去无去处，是这道山梁上的几朵云，而且只出现在他们醉了的时候。

中午

研究藏宝图，已经成了人们中午的必修课。人人都家徒四壁，藏宝图就是他们仅有的财富了。藏宝图上的山，人们认定是乌蒙山中的狮子峰，江自然就是金沙江。垂死者年轻时曾经坐船出滇，在四川盆地里贩卖花椒和魔芋，他指着图中的一个江湾对大伙儿说："我就是在这儿翻船落水的，一麻袋银元和一个川妹子，都被大浪卷走了……"

瘸子问鳏夫："如果这一吨黄金我们找到了，你想怎么花出第一笔钱？"

鳏夫想了三年时间，也没回答瘸子。

瞎子用手指抚摸着藏宝图，问垂死者："如果这一吨黄金找到的时候，你已经死掉了，你会不会觉得自己很冤枉？"

垂死者双眼盯着瞎子，自言自语："是啊，我会不会觉得自己很冤枉？"从那以后，不管在什么地方，是什么时间，清醒或糊涂，垂死者口中总是念念有词："是啊，我会不会觉得自己很冤枉？"有一天，他问瘸子："你倒说说，这整整一吨的黄金，如果用来打斧头，到底可以打多少把？"瘸子不明白垂死者的意思，他讨厌黄金变成斧头，瘸着腿，到不了世界上，他觉得这一吨黄金应该用来摆在家里观赏，花出去或变成任何器物都太可惜了。但他没告诉垂死者，而是说给了瞎子听，瞎子勃然大怒，一巴掌就朝瘸子脸上扇过去，扇空了，又扇，又扇空了。瞎子的内心里，他希望大伙儿把黄金分了，其他人想做什么他不管，他的那一份，他想用来换相同价格的墨镜和竹竿。

就在他们认真研究藏宝图的那些日子里，金沙江上建起了向家坝和溪洛渡两座巨型水电站，藏宝图上似是而非的地点，都被截流下来的大水淹没了。当然，没有任何人向他们透露这个足以让垂死者一命呜呼的信息，他们仍然沉浸在对一吨黄金的想象中。就在昨天，鳏夫还在对瘸子说："我还没有想好，这第一笔钱该怎么花出去！"

夜晚

狮子峰的山谷里有数不清的溶洞。匿名的佛教徒们，一直在从事一件伟大的工作：他们决定把这些溶洞全部做成类似敦煌那样的洞窟。他们的人马源源不断地涌来，但由于他们的服饰一致，人们错以为只是几个匿名者在路上，没完没了地走来走去。

金沙江截流，水位大幅升高，他们的洞窟都进了水，一个不剩地淹完了。现在，他们开始在绝壁上自凿洞窟，铆足了劲，铁了心地要创造一个人类文明史上的新奇观。其中一个领头人曾经这么说："即使造不出另一座千佛洞，我们也要在狮子峰上留下密密麻麻的悬棺！”意思很明白了，他们死也要死在悬棺里。

每天晚上，这些匿名的佛教徒，活计干得太累了，但都拒绝去平地上休息，他们就让保险绳吊着自己，在绝壁上睡眠。那阵势，没有见过的人也可以想象，他们真的像坚守信仰的一群吊死鬼。

习空山中的对话

一

雨林中，有过一个名叫“架士”的寨子。清道光年间，一场浩大的瘟疫，使得这个有几千人的寨子变成了废墟。沿着道明乡的纸万河往下走，登上习空山，坐在一个枯树桩上，点上一支烟，像道光以前的人们那样眺望“架士”，“架士”已经被雨林彻底地毁灭了，看不到寺庙的金色塔尖，也听不到人声和狗吠。层层叠叠的树冠，叶片、颜色、形态，各有其执守却又混杂在一块儿，彼此占有别人的天空与云朵，又互不计较，在一阵接一阵的清风里，互相舐舔，传达着一种欣欣向荣的甜蜜。

我的向导是个香堂人，七十多岁。

我告诉他："我想去寨子里看看。"他一句话没说，带着我在声势浩大的蝉鸣声里行走了两个多小时，途中遇到过乌云一样的牛虻、白鹇鸟和野猪。"架士"已经不能再称之为寨子，各种草木分解了人类的痕迹，偶尔碰上几堵断墙，上面生长着的菠萝蜜树，均粗得需要几个人才能合抱了。不过，这个香堂人无数次来过这儿，在一片斜坡上，他用手中的砍刀费劲地掀开厚厚的落叶层，一座座土坟就露了出来。

然后，他砍了几张硕大的芭蕉叶扔在两座坟头，示意我坐下。我们分别坐在了两座坟上。

我："你听说过那一场瘟疫？"

他："哪一场？"

我："这个寨子的人全死光的那一场。"

他低下头，又抬起头："一场接着一场的瘟疫，这寨子里的人才死光的，我不知道你想了解哪一场。"

我："他们在第一场瘟疫来临时，没有想过迅速地逃走？"

他："他们都以为每一场瘟疫都是倒数第一场。"

我："到底死了多少人？"

他："人都死光了，没有人做统计。"

我："那这些坟是谁垒的？"

他："垒坟的人后来也死了。"

我们离开"架士"的时候，香堂人告诉我，在他少年时代，第一次来到这儿的时候，村寨里还到处见得到无人掩埋的枯骨，是他们把他们掩埋了。他指着掩埋枯骨的地方，现在也是长满了粗大的菠萝蜜树，上面挂着的菠萝蜜，硕大无朋，一边成长，一边就满身的青苔。

二

返回纸万河的时候，太阳西斜了，照在刁空山上的光芒，渐渐地往上移动，直至只反照在有限的天幕上。谷底的河水几近断流，稀薄的几绺细流间凸起青色的鹅卵石，我们撩起水来洗脸，里面沉浸的树叶本来形态完整，经此触动和晃荡，迅速地就变成了四散的残渣，只剩下一丝丝叶脉。

香堂人问我："你吃过蟒蛇肉吗？"

我摇了摇头。他又问："你吃过白鹇鸟吗？"

我摇了摇头。他又问："你吃过虎骨酒吗？"

我摇了摇头。他又问："你吃过象鼻子吗？"

我摇了摇头。他终于没再问，抬起头，望着种满了橡胶树的习空山，自言自语地说："以前这儿也是密不透风的黑森林，有着各种各样的野兽和飞禽……哦，当时老虎成灾，政府动员我们拿着枪，进山杀虎，有人还被评为了打虎英雄！"香堂人在叹息声中站起身来，想走，可又坐到了一块水边的巨石上。他从随身斜挂着的布袋子里掏出一瓶酒来，大大地喝了一口，一边擦嘴，一边把酒瓶递给我。

最后，他告诉我，去年冬天，在靠近老挝丰沙里省的丛林中，他还看见过一头孟加拉虎，可一闪身，就跑到老挝去了。"这些山神的儿女，差不多死光了，仿佛它们也遭受了一场场瘟疫。"他说着，我只是嗯了一声。

三

从纸万河返回道明乡政府所在地的小镇，必须在河谷中潜行一程，然后再翻越一道山梁。这道山梁的主峰酷似一只乳房，我们一前一后走在山梁上，重新又看见了太阳的余晖。香堂人有些酒意了，余晖中的脸庞黝黑、红润，映衬着头上比暮色还要灰白的乱发。

他指着乳房状的主峰："以前，捕到任何猎物，我们都要祭拜它，征得它的宽容！"住在道明乡的这些日子，我与这位香堂人的儿子早就是朋友了，一个酒场上的亡命徒，乡村二流子的带头大哥。在其儿子的口中，香堂人三十多岁时，有一天进山去老挝猎象。象也遇上了，轰隆轰隆的脚步声传来，趴在岩石上的香堂人一枪射去，又一枪射去，连开了数枪，大象仍然轰隆轰隆地向他走来，吓得他扔下猎枪就跑。回到家，魂丢了，香堂人的老婆找来一个巫师，天天晚上对着老挝的群山喊魂，半个月后他才从战栗与惶恐中回过神来。逢人就说，他的身体里一直有一头大象，在轰隆轰隆地走着。

我不怀好意地问香堂人："大象鼻子真的很好吃，适合下虎骨酒？"

他把空酒瓶朝着太阳落下去的方向随手一扔，本就黑红的脸越发黑红："你在说什么，这儿风大，我没听清楚。"

我说："大象，老挝的大象。"

香堂人脸上闪过一丝不悦，抱着山径旁的一棵橄榄树，站住了，然后大声质问："哪个杂种告诉你的？"

晚风真的很大，吹得东西两面山梁上的丛林如海涛一样轰响，香堂人喘着粗气，掉头看着山下灯火通明的小镇，想说点什么，但又一次次地忍住了。我也找了棵橄榄树抱着，像他一样鸟瞰着小镇的灯火，内心有些愧疚，也有一些真相未解的不甘与茫然。

回到小镇，站在一棵多依树的影子中，道别之前，香堂人幽幽地说："我身体里那头大象，被巫师拿出来了，埋在孔明山的一个边坡上，如果有兴趣，改天我带你去看大象坟。"

四

小镇的夜晚，宁静往往是一种假象，每栋房子背后种植的芭蕉，无一不似一群野象站在那儿伺机跃出。城里的酒鬼，多数都在饭馆或酒吧买醉，这儿的酒鬼才是真正的酒鬼，他们在家里喝，一个人喝，喝着喝着就醉了。醉了之后，酒鬼出门，遇上另一个酒鬼，又遇上一个，几个酒鬼便搂肩搭背，笑着，骂着，像团火烧云一样涌到烧烤摊上，再接着喝。

烧烤摊旁边也有芭蕉树，样子也似野象群。我坐在几个酒鬼中间，向他们打听大象坟的真相。老板娘提供的酒是一玻璃缸泡酒，里面泡着的小动物五毒俱全，我自己先用钢化杯干了一满杯，几个酒鬼就齐刷刷地脱掉了T恤衫，光着上身，嚷着要与我不醉不归。人人都把杯中酒一饮而尽，把胸脯拍得噼啪乱响。

“什么大象坟？”酒鬼甲问。

“大象坟？什么大象坟？”酒鬼乙有点结巴。

酒鬼丙是香堂人的儿子，沉默了一阵，站起身来，踉踉跄跄走到芭蕉树后面，解了个小溲，重新落座后，这才提起钢化杯往桌子上一顿，望着我：“再来一杯？不来，老子杀了你！”于是，我又喝了一杯，望着他，他也不含糊，昂起脖子，杯子就空了。杯子又一顿，眼光又盯着我：“再来一杯，不来，老子杀了你！”

三杯酒落肚，头有些眩晕，我正担心甲乙两个酒鬼也啪啪啪地顿起杯子来，旁边的桌子上，两个前来订制普洱茶的外省女孩喝醉了，移步来到我们桌上，一人牵着酒鬼甲，一人牵着酒鬼乙，要两个酒鬼带她们去山顶看月亮。四个酒鬼搀扶而去，我也才发现小镇东边的竹林上，鹅黄色的月亮已经升了起来。

“我父亲带你去了架士老寨？”

“嗯。”

“他没有带你去看一座寺庙？那儿的菩萨下面白骨累累。”

“为什么？”

“一些濒死的人，从不同的地方爬到那儿，死在了菩萨的眼皮底下。”

“他只扒开落叶，让我看了几座坟堆子。”

“你刚才为何提起了大象坟？”

“你父亲说孔明山上……”

“哦，他告诉你了？”

“你刚才为什么嚷着要杀了我？”

酒鬼丙先把我和他的酒杯满上，从盘子里抓了一把油炸竹虫嚼了起来，这才端起杯，碰了一下我的杯子，说了声干了，咕噜咕噜地就喝了。我迟疑着，他就用目光死死地逼视着我。双方对峙了一分钟左右，见我还在迟疑，他突然用手在我肩头上猛拍了一下，继而大笑起来：“你信不信，我真叫人今晚把你杀了？”

他的笑里有善意，我亦笑了笑。

说：“我才不信。”

后来，我还是又喝掉了那杯酒，回到客栈后，在卫生间里吐得死去活来。而他也没说大象坟有什么秘密。

五

巫师比香堂人还要苍老，我去拜访他的那个傍晚，他已经在躺椅上睡着了。他的衣着与其他老人没有什么不同，中山服，黑棉裤，拖鞋，唯一的区别在于，他有一头垂过肩膀的银发和一副黑框眼镜。听见屋子里有动静，他睁开眼睛就问："你是来问香堂人的事吧？"我点了点头，在他旁边的另一把躺椅上坐了下来。

"那不是什么大象坟，是我把他的魂从老挝喊回来后，又埋了。只想让他做一具行尸走肉。"

"有什么原因吗？"

"杀戮。你当然不知道他年轻时杀心有多重。对我们这片雨林而言，他也是瘟疫。"

"香堂人后来就没有杀心了？"

"灵魂不在了，杀心也自然灭了。"

"那他心头走着的那头大象，它去了哪儿？"

"那是他的幻觉，幻生幻灭，无非转瞬之间。"

拜访巫师后的第二天，我又去了一趟架士山，请的向导仍然是香堂人。我告诉他去的目的是看看寺庙，他惊诧地看着我："你不害怕？"他告诉我，他之所以前次没带我去，是因为他儿子就是因为去了那儿，回到小镇之后就变成了必须用酒壮胆的酒鬼。

"真的不怕？"

"不怕。"

但是，在离寺庙的遗址还有几百米的地方，我停住了脚步，因为我听见清风在途经废墟的时候，荒草与荆棘竟然也发出了风暴经过思茅松时才会发出的凄厉的鸣叫。也许那儿真住着无数尚未安息的亡灵。

构树小径

一

无量山中的来信说："春风从缅甸吹过来了，古茶树的枝条上，嫩芽儿正像绿色小虫似的从皮层里爬出来……"我把诗集《袈裟与旧纸》的手抄稿塞进牛皮纸信封，贴上几张不知什么时候存下来的纪念邮票，再用毛笔写上出版社编辑的地址与邮编。当我把烟点上，深深地吸了一口时，从窗口涌进来的风，仿佛也来自缅甸，柔和地拂动着眼前袅袅升起的烟雾。几乎没做任何思量，就是那一刻，我决定去一趟邮局之后，直接就打车去机场。哦，无量山，古茶树抽芽了，那花朵大得像人脸一样的木棉，应该更是像失控的山火一样，波动在云朵与山梁之间的辽阔空间里。

与马小雄坐船横渡澜沧江时，江水翻卷如青铜，一轮又一轮的对木船的拍击声，一波又一波的上卷与下弃，让人觉得这条暴怒之江已经动用了自己全部的能量，只为了满足自己春风浩荡时的口腹之欲。一条大江之于一条小船，类似于一群饥饿的野象在山坡上争食一片树叶，但它一点儿也不可笑，尤其是对于坐在船上的人来说，这种类比不仅没心没肺，而且缺少仁慈。以我的经验，同船的人，多数是两岸普通的公民，但也夹杂了茶叶贩子、边地恶棍、毒枭的马仔和一两个没有来处也没有去处的奇葩。令人惊奇的是，置身于这样的风险中，人人都是一脸的亢奋，在逼仄的船体里手舞足蹈，对着两岸的山坡嚯嚯嚯地发出沉雄的吼叫。就连马小雄，这个一生胆小怕事的老光棍，也把太阳帽攥在手上，一边吼，一边挥舞，有着踏上了天堂之旅的感觉。不错，在飞翔的澜沧江两岸的山坡上，木棉花开了，从山脊到悬崖，每一寸空间里都有花朵在怒放，红，朝向天堂的红，仿佛上帝正路过这儿，每一朵都想红给上帝看，都希望上帝能把自己的红带走……

这是五年前的三月十日，我与马小雄去无量山时经历中的一个片段。令我伤悲的是，也就是那一次，去到无量山中，马小雄死了。

二

从事写作三十多年了，我很少在自己的作品中杀死主人公。死亡肃穆、优雅、体面，一个国家领土再无边际，也装不下一个人的非人道之死。一个邪门透顶的村庄，饱受诅咒，当死亡发生，诅咒的声音也会主动停息。在某些哈尼人毕摩的神符图卷中，一具尸首往往比祭坛的体量还大得多，焚尸的火焰或坟堆也总是高过山峰。而且，在《百乐书》的签画中，人们可以看到，在葬礼的现场，那些活着或者死去的鸡、鸭、狗、羊，形体与死者或者活着的人一样大，禽畜的命，与人同等，它们的死亡，也有奠祭，人们在以尊重它们的行为进而尊重自己。

马小雄以死者的形象出现在这篇文章中，我首先得向读者申明，他的死亡由我负责，而且我将用尽可能多的文字进行忏悔，并向他表达我的悲痛与哀悼。尤其是当我作为他死亡的证人，又在此刻复述他的死亡，我觉得我已经让他死了两次。更为可怕的，如果这篇文章将会流传，他的死亡次数肯定会激增，并以死亡的形式活着又永远不停地死去。这实在太残酷了，意味着写作在涉及死亡事件时，它是一项罪孽深重的行当。为此，我得让相应的读者看到我的忏悔，我的悲痛，我的哀悼。文字已经救不了他，我又不能让他永远承受重复的死亡，我想，我得把他从死亡的肉身里拿出来，让死亡只缠上我所认识的那一个他，而他又可以转入另一个生的系统，远离我和我的文字，远离无量山。

在此，我得借机向那些在作品中杀人如麻的写作者表达我的敬意，同时又对他们拥有的钢铁意志表示不解和不安。

三

飞机降落在临沧机场时正值午后。风大，地面上飞扬着或红或白的花瓣。离机场不远，有一个名叫“博尚”的小镇。五年前，我写过一首杀气腾腾的小诗，名叫《脸谱》：

博尚镇制作脸谱的大爷
杀象，制作象脸
杀虎，制作虎脸

他一直想杀人，但他已经老朽

白白地在心底藏着一堆刀斧

站在停车场等候朋友皮卡车的间隙，我在内心用恶毒的语言批评了五年前的旧我。当时，结束了与马小雄的无量山之行，到这儿搭飞机返昆明，形单影孤，而航班又因为持续的暴风雨天气而取消，我是以断肠人一样的身份去投靠博尚镇的，并且博尚镇以乌托邦一样的气质收受了我。它的街道、客栈、三角梅、山野上的草垛、因为欢喜过头而一脸疲惫的人们、怀里藏着贝叶经的和尚、流水和风，均视我为值得施舍的过客。看着我白天沉沉大睡，只在午夜才去无人的街巷游荡，而且拂晓时返回总是一脸的泪水，客栈的老板娘还让她花一样的女儿，顶着暴风雨去给我买汉人喜欢喝的酒。但是，也就是在那几个游荡的午夜，在一个缅桂花笼罩下的小院里，我看见了一个为傣戏赶制脸谱的老人。暗淡的灯光下面，他的雕刀所到之处，在浓烈的桂花香里，魑魅魍魉，狮虎熊象，纷纷从木头里跳了出来，仿佛木头里或者他的心里，真的存在着一个非人的王国，而他就是那个王国的入口和出口。事情的真相是，我跟他讲述了马小雄之死，让他看了马小雄生前的照片，请他给马小雄制作一张脸谱，他拒绝了。他只从另世带来神鬼，不往另世送人，更不会把另世等待轮回的魂灵混杂在神鬼之间。他注意到了我的哀伤与失落，知道我急需援手，从一个漆皮木盒里找出一个小小的木头人，把我握紧的拳头掰开了，放在了掌心里。我走出小院时，听见他在自言自语，不知道说了些什么。

《脸谱》这首诗，在逆向掘现人性之恶时显然已经误伤了制作脸谱的老人，对博尚镇也非常失敬。我只希望人们在阅读这首诗歌的时候，把博尚镇和这位老人看成是我虚拟的地名和人物，甚至把他们改编成自己所处浊世中的地点与人物。在时间面前，我为让博尚镇和制作脸谱的老人因为自己的一首诗蒙耻而深感不安，为此，当朋友的皮卡车停在身边，我上车后的第一句话，就是让朋友送我去博尚镇。到了那儿，我得把自己内心藏着的刀斧清理干净。杀象，杀虎，杀人，不是制作脸谱的老人所为，是旧我在绝途之上暴露了我杀心不死的一面。

四

渡过澜沧江之后，我和马小雄把湿透了的衣服脱下来，在江边的石头上暴晒。两个人只穿了裤衩，分头钻进了木棉树林。在江上远望时觉得一座座山所有的空间都被木棉征用了，红色已经是平铺在坡地上的上帝的炼钢炉，沸腾着尚未凝结的铁板一块。可入了林中，桤木、榉树、杜鹃树和构树，特别是那些形似枯朽而又叶枝鼎茂的古榕，硬生生地站立在那儿，我们马上意识到，它们的阵容并不比木棉薄弱，只会更雄健，更厚实。木棉的数量之于植物王国，相当于哈尼人之于汉人，但它肆意扩展的树冠、硕大的花朵和充血的颜色，令其脱颖于无量而成大量，于色彩的幻觉中改变了人们在远眺时眼睛的世界观。我们错误地认为，赤裸着身体，迎接我们的必然是漫山飞舞的手掌一样大小的花瓣，马小雄还一厢情愿地设想过，他要收集起堆满沟壑的花朵，用花朵的液汁，把一块没被树荫遮蔽的巨石染红，然后自己一个人独坐在红色巨石上，一边喝酒，一边坐等繁花落尽。这个老光棍沉醉于少年精神，曾经多次约我到山中饮酒，酒量不大，三碗就倒了，我背他出山，每次都是在我肩头上大着舌头读李白：“两人对酌山花开，一杯一杯复一杯。我醉欲眠卿且去，明朝有意抱琴来。”某次，我很意外地先醉了，抱着松树睡去，醒来时，看见他一副李白的扮相，骑在荒草中的石狮上模仿暮年的李白辞长安，松枝当剑，挥得剑气飕飕。

隐逸，忧愤，孤立于俗世之外，这样的人一般都另有使命。但他们怀抱的风骨与言行，已经自绝于传统文明惨遭颠覆的工商文明时代。今夕何夕？非唐非宋，人们脱缰的灵魂比肉体还迷恋物质享受，寄身其间，你所奉行的哲学，不仅有悖于日常，找不到合法性，而且也确实无法接引一个个挣扎中的灵魂了，给不出光洁的前程，也提供不了慰藉。如果你刚好又雄心万丈，热衷于空手斗浊流，对不起，这世界真的不是你的，而且早就抛弃你了。姑且不说你是残渣遗孽，但也可以把你归入乡村遗老之列。在马小雄失望地坐在澜沧江边，把目光投向江对岸的木棉花时，我收拾好行李，穿好了衣服。我问他："要不要我们再返回对岸去？"他当然很乐意，眼里甚至又重新燃起一丝光束，但随即摇了摇头，发出一声叹息。

其实，我们完全可以返回对岸去的，因为那一次出行，我们根本就没有具体的目的地，只要在无量山中，不管去哪儿都可以。当然，假如那一次我们真的返回了澜沧江的对岸，马小雄现在肯定还活着。

五

开皮卡车来接我的朋友是个茶人，给我写信的那个人就是他，名叫普一楠。

“又去博尚镇？”他偏着头问我，目光透过墨镜，多少有些惊愕。随之又说：“我觉得我们应该先去构树小径，酒我都准备好了，得先去看看马小雄……”

车子驶上乡村公路，望着窗外一座座龙窑上冒起的青烟，我寂然地应答：“一楠，五年了，也只有你经常去看他。说实话，我也几次梦见过构树小径，还梦见过我和他坐在他的坟头上，讨论李白和杜甫的诗歌。你知道，他喜欢李白，我推崇杜甫，我们争得赌酒发咒，互不相让。我说《全唐诗》里，抽掉李白无关紧要，若把杜甫拿掉，唐诗的金字塔就会瞬间倒塌，哈哈，他气得用双拳狠狠地砸自己的坟，声嘶力竭地说，如果抽掉李白，对唐诗来说，就是抽心一灭……”

复述梦境是另一场白日梦。当我停下话来找纸拭擦脸上的泪水，才发现普一楠的皮卡车并没有开往博尚镇，而是拐上了去往构树小径的山路。我让他停下，他不但没停，还使劲地轰了一脚油门，皮卡车向前猛然地纵了一下。

“我现在必须把你带到构树小径去！”说这话的时候，普一楠又轰了一脚油门。我伸手去抓方向盘，他伸手一拦，眼睛的斜光扫视着我，声音开始变得冰冷、锋利：“先去他坟前坐坐，再去哪儿我不管你，但必须先去他的坟那儿！”我只好告诉他，可以不去博尚镇，但他得把车停下一会儿。他狐疑地望着我：“想抽烟？你在车上抽。”当然不是，我说，趁还看得见博尚镇，我想看看。普一楠一边骂我酸腐，一边把皮卡车停在了一个山丘旁。

爬到山丘上，放眼望去，天空里的一架飞机正在降落，能清晰地看明白航空公司的名字和徽标。风仍然不小，处于侧风状态的飞机应该在剧烈地颠簸，但我看它很平稳，斜线向下，翻卷的云朵对它一点儿影响都没有。机翼下的博尚镇，与五年前比变化不大，也有可能它变了又变但我看不出来。街道、客栈、缅桂花掩映的小院，大抵都能辨认出来，唯有小豆粒似的人，在动，却不具体，更不可能指认我所接触过的那几个。普一楠递过来一支香烟，是他提前跑回车上点燃的，他知道，在山丘上，打火机的火苗耐不住大风。吐出一口烟雾，我笑着问普一楠：“这就是你所说的缅甸的春风？”他也笑着答："是啊，是啊，多么准时的缅甸的春风，把你也吹来了。"边说，边朝山丘上的一棵麻栗树干踢了一脚。我们就这样撇开核心的话题闲聊着，直到那架降落下去的飞机又重新升空，向着昆明飞去，我才从笔记本里撕下《脸谱》一诗的底稿，撕碎了，朝着博尚镇顶上的天空撒去。纸屑进入风里，转眼就没有了踪影。

六

普一楠不知道我的诗歌中有一首《脸谱》。自一九九〇年代初我第一次沿澜沧江独行时与他认识以来，二十年左右的时间，他一直对我的诗歌情有独钟，几乎每一首都读过。但是，二〇一〇年秋天，当他读到我的《基诺山上的祷辞》一诗之后，他发誓不再阅读我的任何一首新作。他的理由令我泄气，他认为我不可能再写出比这首短诗更优秀的诗篇了。用他的话说，我的写作到头了。为此，那一天，听到我提议，离开澜沧江，沿小黑江上溯，深入无量山腹地前去拜访普一楠的时候，马小雄开始是强烈反对的，他的理由也令人啼笑皆非："什么？去找普一楠？你有什么理由让我陪你去找一个对你一无所知的人？”与普一楠的观点相反，马小雄认为《基诺山上的祷辞》，是我诗歌中的次品。他们的分歧综合起来就一句话：汉语新诗该不该有地域主义倾向？普一楠持肯定的态度，马小雄反对，他们各执一词，各自的理论后来完全脱离了诗歌本身。

原本自由而散漫的出行，目的地出现后，就像写作有了先行的主题，一切就都变得简单直接了。按照梦幻般的无量山主义者的行为方式来规划，一百公里的山水路，至少得花十天左右的时间，甚至更长。看花命酒、与幽人静坐、茶山观云、樱溪春浴、空谷听瀑、悬崖候月……尤其那满心喜悦的迷途知返，无一不是消化时间的大象胃。删除了这些环节，我和马小雄搭上一辆糖厂运送甘蔗的大卡车，沿小黑江北行，在甜腻腻的空气中下车，转乘塞满了山货药材的乡村中巴，八个小时后，也就是月光如水之时，我们就站在了普一楠茶叶初制所的石屋子门前。月光下的石门，贴着普一楠手书的对联：青山不墨千秋画，绿水无弦万古琴。马小雄看见此联，拉长了脖子，一声大吼：“普一楠，出来！”普一楠已经睡了，裸着肚腹，披着一件长风衣，边打哈欠，边开门，嘴巴里还不耐烦地问：“这么晚了，谁啊？”不等普一楠喜出望外，马小雄已经冲了上去，一把抓着普一楠的风衣领子就往门外拉："普一楠，我告诉你，没文化就不要装出有文化的样子，你想死啊，你知道吗，这副对联是用在什么地方的？知道吗？它是用在墓碑上的！快点，马上给老子撕了，装什么逼！"普一楠感觉自己是在做梦时无端被人打了几耳光，可看见是我俩，也不忙着撕对联，张开长长的双臂，就把我俩都抱在了一起，边用手拍我俩的后背，边说："怎么不提前挂个电话啊，我好去接你们！"马小雄心里还不舒服，答道："打个球的电话，快点把对联撕了！"普一楠这才将我俩放开，把对联撕了下来，揉成团，扔进了门边的竹篓里，推开门，向我俩做了个极其夸张的请进的动作。

七

至今我都难以理解，马小雄怎么会把"青山不墨千秋画，绿水无弦万古琴"认定为墓联，仅仅因为许多墓碑上使用了这副旧联吗？其实，能采用此联为墓联者，我倒是认为他们远比那些将此联陈悬于书房的人，更知此联之妙。青山绿水，画意琴音，于书房无非都是心造的幻象，于墓畔或于亡灵，不仅是实景，而且两不朽，有着万古不灭的优雅与安宁。再说，普一楠用此联作门联，未能自出机杼，代之别有奇观的文字，别人也是不能苛求的。而且，如果这联真的只能用在墓碑上，普一楠自认墓中人，抽掉了生与死的边界，陷身于青山绿水之间，又有什么不妥呢？

“我一直琢磨，马小雄他怎么会逼着你撕掉那副对联？为什么在潜意识认定你的茶叶初制所是一座坟呢？莫非当时他对自己的死亡已经有预感？”皮卡车快到构树小径时，我又在闲聊时说起了马小雄之死。

普一楠咬定马小雄的死纯属意外，他对我总是把马小雄死亡的责任大包大揽的做法不以为然：“你一再声称，你对马小雄的死负责，你不觉得很好笑？你负什么责？苍白的忏悔？假惺惺的文字游戏？”

在我重提马小雄之死之前，普一楠显然也在想着这事，但我们在庞大的死亡宫殿中，出现在了不同的房间，关注到的也是各自感兴趣的不同的局部。

黄昏时分，我们到达了构树小径。

这儿是无量山众多支脉中的一支。山脉呈东西向，从主峰断崖式下降，至海拔一千米左右，一个急停、平缓甚至有些向东上扬，奇迹般地形成了几公里长的一片坡地。坡地向阳，几公里长的坡面吸引了南来北往的风风雨雨，各种植物尤其那些几百年的茶树，也就长得格外有欢喜心。一九九〇年代末，普洱茶在市场上初受青睐，普一楠就从一个农场的手上租下了坡地，潜心制作他的“山无量牌”手工普洱茶。茶量不大，有奇货可居的味道，几个月的忙活后，他就无事可干，便从山脚修了一条小径直达他的石屋子，两边种植造纸所用的构树，取名构树小径。

皮卡车停在了石屋子前。

准确地说，五年后，皮卡车停在了马小雄的坟墓前。那副五年前撕掉的对联，普一楠又写了一遍，直接刻在了石门上。打开石门，以前茶叶杀青、揉捻、压饼的车间，各种设施、器械、木架和石磨搬走了，马小雄的坟墓就立在车间的正中央。四面墙壁上则挂着不同时期的马小雄的照片和各式遗物。石屋子的二楼，以前是普一楠的卧室和各种茶叶样品的展示厅，现在也布置成了马小雄的卧室、书房和会客室。会客室里，有电视机、冰柜、茶台、饮水机，生活用品一应俱全，茶台的后面甚至还依墙立着一座用树根雕成的马小雄雕像……

马小雄是葬在构树小径旁的一个水池旁边的。看着眼前的事实，我确定它不是幻觉，不是戏剧里的布景，也确定我的身体里有了闪电、滚石和一群盲刺客，有了爆破、呼啸和一座新建的寺庙。我止不住自己的战栗，管束不了自己躁动的魂魄，犹如站在了一座悬崖上，我自己也难以分辨，我是要纵身一跃，还是在等待下面的人间升上来。但我保持了表面上的平静，眼光没有肆意闪烁，呼吸的节奏也很正常。所以，当普一楠摆好了墓前的酒席，倒好了三杯酒，入座之后，我也只是淡淡地问了一句："什么时候把他搬进来的，为什么？"

普一楠也很镇定，倒了一杯酒在马小雄灵前，又续上，端起酒来与我碰杯时，才冷冷地回答我："他说过，石屋子是一座坟。"我没有喝这杯酒，也倒给了马小雄。之后，我们一直沉默着，碰杯时也只是互相看一眼。在再也不能以任何名义颠覆和改变的现实面前，只有肯定和妥协是仁慈的。普一楠说我对马小雄之死大包大揽，其实他来得更彻底，我做过什么吗？什么也没有做。相反，是我把马小雄带到构树小径的，带来了，他与普一楠讨论了一阵《基诺山上的祷辞》，似醉非醉时破门而去。我们找到他的时候，他平卧在构树小径旁边的那个池塘里，已经死去多时。当时，无量山的天际线上，从太阳里提前偷跑出来的光芒，正抱着黄金向着人间奔跑。

八

石屋子里，普一楠给马小雄布置的书房中，挂着普一楠手抄的《基诺山上的祷辞》：

神啊，感谢您今天让我们捕获了一只麂子
祈求您明天让我们捕获两只麂子
神啊，感谢您今天让我们捕获了一只小的麂子
祈求您明天让我们捕获一只大的麂子

这显然不是一首令人绝望的诗歌，但它可能引发绝望。所以，离开构树小径的那天早上，我把它取了下来，烧给了马小雄，愿他是神灵捕获而去的一只麂子。

旧寨的叛逃

细雨里，旧寨古道一带是凌乱的，两边青色的峰丛、杂树、蚕桑和荒草，似乎很久没有看见过人了，全都沉浸在个体的迷狂之中。峰丛本应有着清晰的层次、蓬勃的生长力和饱满的天际线，但它们纷纷收身于薄雾，并将细瘦而又直抵天穹的桉树，纳入自己的色系与场域，两者组合成了旧山水图卷中那些写意的没完没了的局部。在荒草让出来的地方，蚕桑是唯一出自人工的植物，由于雨水的清洗与供养，它们的绿色里还藏着无穷无尽的绿，每一张叶片，都有着绿色的深渊，可供那些尚在想象中的蚕虫，完成一次又一次的由生到死的折返跑。但是，在那一刻，蚕桑没有按照我的空想，恣意地呈现自己向内的精神通道，它们在猛然吹拂又瞬间消失得无影无踪的春风里，所有的叶片都翻出了自己白晃晃的反面，仿佛正在迎接一场隐秘的狂欢。那场景，状似浅水里布满了白玉，也像一群芭蕾舞演员在旷野上表演倒立……

那白丝绸一样的烟雾是从两座圆锥形的峰丛之间升起来的。它们不是自然的白雾，更不是我想象中或记忆中的炊烟，极有可能是某个山中人在细雨里整饬山地，将地上的枯枝败叶集在一块儿，点燃了，却因为细雨的浇淋而无法痛痛快快地燃烧，应有的火焰变成了烟雾。在歌剧院一样的春天，布谷鸟的叫声出自距我几十米处的一座小山丘，却仿佛来自重重峰丛之后的贵州省或者更远的省份。烟雾没有声音，在布谷鸟的叫声里，它们更像是一个隐形的合唱团发出的咏叹或挽歌，白色中夹杂着灰色，孤寂里透露着荒缈。我无意将这些烟雾视为空气的骨灰，或环江县所有峰丛的魂魄，也没有因此陷入冥想，希望白丝绸的幕布后面跳出老虎、狮子和金钱豹。在我的随笔集《旧山水》的序言中，我这么说过："用不着拷问，我的确是一个木乃伊式的避世者和乡村世界中的巫师或放蛊人，在脱离现实的地方，我的心最安宁，我浑身的力量最圣洁，我的想象力和思想力最丰饶。人们言必说未来，把创造力和探索性，连同革命的愿望，全部交付给了未知和虚无，我则在往回跑，只想跑回太阳落下的群山里去。”所以，当烟雾一再地扩大、升高，变化出不同的形象，继而在一点一点地生成又一点一点地消失的过程中呈现出寂灭的本相时，我坐到了川山镇旧屯村一座古老的石桥上。石桥下的流水可以将我送回现实中去，浮世到处都有人的臭皮囊，水流的方向或归宿，早就是人的集中营，可我真的丧失了回去的心愿，坐下，哪儿也不去，方可以个体私设的庙堂对应烟雾本真的无觉与幻变。它们的白色或灰色，不替人们诠解世俗美学中的本体和喻体，它们是独立的，难以引用的，天注定的，同时它们也是瞬间的，为此刻而存在的。

这座石桥不知建于何时，它横卧在一条我不知道名字的溪水上。有别于那些精雕细刻或立着各种河神的石桥，它只是用一些粗糙的青石条，很随意地砌筑而成，并高出地面七个台阶。青石条与青石条之间，几乎都有着手掌厚度一样的缝隙，里面都是草窝子，年复一年的枯朽，又在枯朽中伸出绿色的条茎和细叶。因此，这石桥让人觉得它不是人工建设的，而是一群山中的石头某一天突然活了过来，站起身子，一路走到这儿，便纷纷躺了下来。石桥上长满了荒草，溪水里同样长着荒草和细高的藤状植物，从一百米开外看过去，满眼全是草木，石桥是隐身的，石桥、溪流和草木已经是一个巨大峰丛背影下小小的共和国。由于草木作为共和国的合法公民并极其强势，我在石桥上抽烟和发呆的样子，类似于一只苍鹭在此停歇一会儿，完全改变不了草木天生的格局，甚至我也委身于草木了，乃是草木中细碎的一叶。令人凭空生出欢喜心的，是流水。按照常理，石桥是因为流水而现身的，可是，坐在石桥上，我没有看见流水的身影，尽管听见了草木丛里响着的流水的脚步声。流水陷于草木，我认为它们是这个完美共和国中快乐的亡国奴。在自己的国土上弃国，流水给出的思想，足以对应史海里毒蝇小国的皇帝抽身去山寺里做了和尚。我走下石桥，想扒开草木走向流水，殊不知草木一再地坐化或寂灭，每一根草的下面，都有着腐烂了的只有菩萨才能计数的草，它们所形成的尘土渊薮，已经是人世的陷阱。我只能退步回来，又坐到了石桥上，又抽了一支烟，这才走上了旧寨古道上的一条岔路。

通向贵州荔波县的旧寨古道上，总是会有一些游客，岔路似乎是通向罗城，是广西迷魂阵一般的峰丛中的一条草径，上面看不到一个人影。石桥边的草木共和国美则美矣，但缺了几声鸟啼，而且花朵尚未绽放，蝴蝶和蜜蜂还在另一个世界上奔波，其缺陷因为季节的错置和某个时间点上景物的错位而在我这儿成了永久的遗憾。一个人走在这条岔路上，我领受的山川信息和我在这些信息中呈现出来的状态，原则上并没有什么巨大变化，但我还是顿时觉得自己走到了地球的边上。我说“岔路似乎是通向罗城”，这纯粹出自我的想象，实际情况是我根本不知道这条路通向什么地方，而我又是如此地渴望沿着这条路一直走下去。是的，那一刻，我只想从叶辛、东西、李师东、王干、凡一平、四瑛、黄佩华、锦璐、李约热、黄土路、荆歌和潘灵等人组成的采风大军里叛逃，从广西叛逃，从地球上叛逃。我觉得，这条路之所以从天边的峰丛之间伸到我的面前，就是为了来接引我的，而且它一直就存在于我的心底。它弯曲时的弧度，路面上的尘土，两边长着的灌木丛，无一不是精心预设的。就连草丛里有多少个土丘，丛林里布谷鸟鸣叫多少声，哪几棵桉树可以长得像赶路的道士……都有着精确的数据和完美的安排。尤其这些青色的峰丛，它们的高度、坡度、间隔的距离和彼此间形状的呼应，以及上面物种的种类、云朵的形象、阳光和月色不同职责的划分，既是存在主义的，也是人道主义的，每一个细节都与我的灵魂尺寸相等。对了，按照人道主义的旨趣，这条分岔而出的道路两边，坡地或者沟壑上，还多出了太多的喷泉一样的竹林。行走在里面，多年以来，我终于又发现，在某个特殊的时刻，在特殊的环境里，地球上果然只存在一种声音，那就是自己心跳的声音。不是因为激动，而是基于幽篁里才有的寂静。这真是一些生长在世界反面的竹子，该怎么长就怎么长，笔直向上争夺阳光者有之，斜刺而出插向灌木丛者有之，伏在地面上与荒草为伍者有之。它们活着活着就死了，枯朽在亲人的怀里，也有的活得满身黑垢或苔藓仍然兴致勃勃，一阵春风吹过，便一身的叶片儿都在鼓掌。特别是那些与栗树和桤木杂生在一起的竹子，有意无意，它们都会在杂乱并低俗的枝叶中挺身而出，配合着聚散不休的烟云与雾霰，在鲜有人迹的山水长卷里抢下自己想要的空间。给我的感觉，身在荒野，它们也长出了人心，有了人的灵魂。不过，应该这么说才对，因为我的到来，因为我内心藏着人间乱象，它们因为我对它们的端详与细分而蒙了羞耻，得了俗命。真实的景象何至如此呢，这些环江县野地里的竹子，它们有别于公园里和私人后院中的那些人工竹类，它们本就不是人类的眼中之竹或胸中之竹，自生，自灭，整个过程从不象征什么，从不替人类医治疑难杂症，竹子始终存在于竹子的形体中，竹子从来都是竹子本身。它们的命运甚至不指向竹笛、竹排、竹篙、竹箱、竹楼、竹椅和打狗棍，悄悄地活一场，就为了悄悄地死去，抑或什么也不为，不知生，亦不知死。

在岔路上叛逃，一个小时，我视其为一生时光凝结而成的舍利子，当然也可以说是滚滚浊流中蒙恩的一次走神。所以，当我原路返回，站立在木论景区停车场边一根写有“你已进入监控区”字样的电线杆下，我发现自己的确还不适应人世间的生活，走在人群中，自己的步伐变形了，左脚总是踢着右脚。登车返回环江县城的路上，小说家荆歌一直在讲着文人圈中的轶闻趣事，令人捧腹，我却怎么也笑不起来，身在快车之上了，心还在地老天荒的旧寨古道一带游荡。

椰子树

一

大海把椰子树推荐给了我，每一棵椰子树上也因此总是有海风在出没。有些时候，我甚至觉得，风从大海上来，到了海南岛上，一个急停，原形毕露，瞬间就定格成了椰子树。那天清晨，在东郊椰林里看人采椰子，一个当水手的朋友刚好打来电话："我看见海岸了，看见了椰子树……"远航从来就没有时间概念，我早就习惯了远海上的告别、一个人坐在太平洋上饮酒、没有彼岸与归程的幽灵船等等场景带给我的内心隐喻和生理刺激，感觉自己一直生活在巨鲸的腹里，置身于如乔治·奥威尔借约拿的神性体验所说的人之于鲸腹所获得的那份“免责状态”中：“那个黑暗柔软的空间正好适合一个人，那儿与现实世界隔着几英尺厚的脂肪层，不论外界发生任何变故，都可以保持一种彻底漠然的态度。能让全世界的战舰都沉没的暴风雨也几乎不会让里面的人听到一点儿声响。即使是这头大鲸自己在运动，里面的人大概也感觉不到。”为此，我还将自己的生存现实无限地引申或复制，比如生活在老虎腹中，生活在奔马腹中，生活在机器人腹中，给自己找了一大堆的挡箭牌，同时又承受万箭穿心的草船借箭之苟且与孤闷。总之，只要与自己并不信赖的现实生活保持一定的距离，自己就会有安全感。但是，就像装死的人躺在棺木中，只要听见啄木鸟咚咚咚地敲啄棺木，自己又免不了双眼睁开，并忆起棺木之外的世界之美。

“哦，你回来了，看见了椰子树？”

当一个从远海归来的水手对我说他看见了椰子树，我瞬间就打消了继续沉溺于鲸腹的念头，迅速认定他就是海风带回来的，是海风抑或椰子树的亲戚，并对他说：“你看见的肯定不是幻影，一定就是大海尽头的椰子树……”按照平常的习惯，我应该还会花费大量的语言，肃清一个对现实不抱幻想的人在彼岸突然出现时心头所怀有的疑虑，并承诺他，只要他的渔船靠岸，我一定会在码头上站着。可实际情况是，我的话没有说完，他的手机再次没有了信号，去了鲸腹中的人不是我而是他。与此同时，采摘椰子的人，把地上的椰子收集在一起，扔上汽车，朝着琼海市的方向，眨眼之间，就没有了踪影。整片椰林，林子底下，安静如巨鲸无限下沉的深海，树冠之上则波涛汹涌，仿佛我的头顶之上真的存在着一片汪洋。

二

大海把一个水手吞进深处里。
他的母亲不知道，照样在
圣母玛利亚面前点燃一根高蜡烛，
祈祷他尽快回来，祈祷天气好——
她总是竖起耳朵听风。
她祈祷和恳求时，
那圣像听着，庄严而忧伤，
知道她等待的儿子是永远不会回来的了。

写作这首名为《祈祷》的诗的作者卡瓦菲斯（一八六三—一九三三），在其七十年的生涯中没有正式出版过诗集，他的诗作只是用于亲友之间的传阅，而且籍籍无名，处于“自己埋没自己”的生活现状中。也正是因为这首诗歌的读者局限于亲友，而且卡瓦菲斯也不屑于拥有广大的受众，在我眼中，这祈祷之诗，这祈祷中的母亲以及那知道真相的圣母玛利亚，她们才共同呈现出了日常生活的局部及其神性。大海吞没了水手，水手的母亲还在祈祷他回来，这两个场景的中间，存在着圣母玛利亚才能控有的另一个空间。这是一个如此令人着迷的空间，但它通过文字的形式出现时，它又只属于宗教和诗歌，远离大海，也远离水手及其祈祷中的母亲。

从东郊椰林里走出来，坐在海边上，我始终把手机攥在手心里，希望它尽快叫鸣。是的，突然失去联系，水手的处境令我非常不安。我热爱大海，也对大海充满了恐惧，它可以把一个远在天涯的水手接引至近海，并让他看见大陆和大陆上的椰子树，但它也会因为一时兴起而将他吞没，只把他的尸首送到某个长满椰子树的海湾。我差不多每隔十分钟就拨一次水手的手机号码，得到的信息都是他不在服务区。我无力设想“大海把一个水手吞进深处里”的场景，自然也不愿相信这个水手去了鲸腹之中。眼前的大海蔚蓝、平静，尚在半空的太阳，其光照耀在海面，于蔚蓝之上犹如一层金箔。从几米处的细浪到遥远的天际线，大海是平坦的，海风没有掀起巨澜，只是一层接一层地揭开大海的皮肤，好让那金箔可以向下注入并朝着天空投射反光。我已将这样的大海类比死亡之海，如果不是因为那意外的电话失联，我只会认定这海乃是光辉之海，梦幻之海。

他说，他看见海岸了，看见了椰子树。我想，他就在附近的海面上，吹向我的海风，已经提前吹拂过他。是的，这海风不大，身后的椰子林却发出了比大海更大的声音，仿佛这声音就是为了对应他的喜悦而刻意提高了分贝。卡瓦菲斯的诗歌里说："她总是竖起耳朵听风……"我不用竖起耳朵听，从置身于东郊椰林的那一刻开始，我已经置身于风里，像椰子树那样，身体也已经有了海风的形状。据我的观察，椰子树的树干，从远处望去，丰姿绰约，仪态无二，但只要去到它的旁边，你就会发现，每一根树干都仿佛是泥土一层一层朝上夯实起来的，其形质和肌理，都由泥土生成。树龄稍长一些的，树干苍老了，便如残墙斑驳陆离，且布满了弹洞似的小孔。也许正是因为椰子树的树干如泥土，方才会供养出其阔大的分叉的树叶及灌满汁液的椰子，而且或许又是因为其叶片阔大，方才招风，使之如一张张高悬天际的波涛。在椰树林里听风，听海上传来的消息，于我而言，约等于在心里栽种一棵棵椰子树，约等于通过自己的想象，把大海和椰子树变成一个海风与波涛联姻的不朽家族。

纪晓岚的《阅微草堂笔记》里，有一则关于听古松的文字。说的是京城丰宜门外风家园的古松，在未枯死之前，二更之后，就能听见琵琶声、唱小曲之声和对话声从树干里发出。从海滩上站起身来，重返椰林，我找了一棵百年树龄的椰子树，站在它的旁边，希望能听见水手的声音从树干里传出来。尽管我一再地动用了自己的幻觉与幻听，听见的似乎也只是类似于祈祷的低语萦绕在坑坑洼洼的树体表面，那个打来电话的水手，仍然下落不明。

三

毫无疑问，给我打电话的水手已经消逝于大海。他本来是一个具体的人，但也可以是一个我分身术中代替我从大海的角度远眺椰子树的人，甚至可以是一个我虚构的人。在我有限的椰林经验中，他担负着强化和提振椰子树象征意义的使命，他有义务代表从大海上归来的人们表达出对椰子树的深情，哪怕他所说的那句话轻描淡写并落入俗套。在我们的写作向度中，语言往往被置于文本之上，而我们也总是幻想所有的阅读者都是上帝的特选子民，其实，语言基于交流，读者多是布衣，当这个水手说："我看见海岸了，看见了椰子树……"写作才从众多的语言冒险行为中转入最为原始的意义表达范畴。我迷恋这样的方式，正如海风热衷于在椰子树的树冠上自由地出没。

这些天，我一直在设想，如果我是一个从大海深处九死一生前来向海南岛报到的人，出发时的大船只剩下一块船板，那个雄心万丈的少年也已经历尽沧桑，当我从起伏着的青铜般的浪峰之间看见海南岛，我是否会第一眼就看见了椰子树？回答是否定的，椰子树的树干、汁液和椰肉，椰子树提供给自己"创造过去"的巨大空间，本质上都是柔软的，不足以成为海上生还者梦寐以求的刚性需求。那一刻，我首先看到的应该是海南岛的海岸线、山冈和海边上的船舶，椰子树只是海南岛的元素之一，它已经融入了海岸线和山冈之中。即使上了岛，我的第一选择也不是到椰林中去走走，喝上一个椰子，而是在母亲目光的注视下饱餐一顿，然后大睡三天。因此，如果我真是一个从大海上来并第一眼就看见椰子树的人，我得是一个椰子教的圣徒。即便大海的狂风巨浪吞噬了我的救生艇，撕碎了我的道袍，而且大海还以其地狱般的辽阔与无常，考验了我对天国的信仰，我仍然会坐在一块椰树浮木上，迅速或缓慢地驶向海岸上的椰子林。椰树浮木在海面上追波逐流，我的双手死死地抓着它，但我不是一个历经地狱就爱上地狱的人，也肯定不是一个绝望的活死人，我会一边依靠着浮木活命，一边用仅有的幻想促使自己东张西望，希望能看到孤岛和路过的船只。在没有看见海岸线之前，保命高于一切，任何生机都不容错过，而当我终于看见了海岸线，看见了海南岛的椰子林，虚脱与眩晕也曾令我差一点复制了卖火柴的小女孩的命运，几乎死在了黎明前。抓着浮木向岸边游近，开始的时候，椰子林只是白色沙滩后面的一抹浅绿色，很难将它与玉树万千、乳液似海的椰子树联系起来，更是无法想象，曲线似的绿色之中，会有那么多的乳汁女神高坐于天空。而此时的大海，深度和广度仍然令人犯愁，那些楼房一样的船只在它的怀里，状如稗粟。慢慢地临近，椰子林才从海岸中开显出来；更近时，椰子林变成了一棵棵椰子树，绿色背景里有了灰白色的线条和生动的树姿表情；再近一些，便看见了一棵棵独立的椰子树，它们各有仪态，自成庙堂，分别供养着自己的神祇。当我把那根救命的椰树浮木扛进椰子林，希望能找一个地方安放它的时候，我知道自己终于抵达了一座无边无际的庙宇。那曾经的一抹浅绿色，现在庄严、肃穆、神圣，我站在任何一棵椰子树下都显得如此渺小。海风在树冠之上完成了大海对椰树的加冕仪式之后，沉入树丛中，仿佛源源不断的圣徒，吟诵着经卷，抚慰和超度，每一根树底下的杂草均活泼泼地沉浸在万物共有的喜悦里，而椰树则在各自的道场之外又分别成为巨型庙宇的支柱。它们与藤蔓、青草、碎花，以及虫羽和人，共同组建起来的空想主义者梦境之中万物平等的无边无际的乐园，在市集之间，亦在虚幻之所，是坐实的，又是隐迹的。

凭以上的设想，我从水手的梦魇中得以逃生，也得以假别人之躯而体认到了椰子树的某些品质和法相。所以，那天中午，当我重新走进椰子树林，看见林间雨后天空中落下来的细碎阳光，我甚至觉得那就是大千世界在被礼赞的土地上播种的福音，能够与之匹配的，只有这生长在俗尘又超脱于俗尘的椰子树了。

四

把椰子树当成海风的身体，把椰树林视为海南岛的庙堂，把椰林无边的树冠喻作波澜壮阔的大海，我知道我是听命于另一个我。当我交出了水手和圣徒的身份，恢复过客的本相，我其实更乐意把椰子树看成普通的物种。这些临海之物，在台风、暴风、清风等各种各样的风中立着，不知道风的善意与恶意，不知道忧谗畏讥，任其吹拂或撕裂，仿佛麻木不仁，又仿佛灵魂出窍了，一点也不在意肉身的苦厄与欢喜。它们不喻人，不喻神，也不象征什么，就是海南岛上随处可见的一种植物。树干不替人们诠释栋梁，椰汁不替人们臆想乳液，临风的姿态不替人们构建战士的雕塑群，它们就是植物本身，有着植物的本体与本分，该生则生，该枯便枯，远离人类的生死观。也许只有这么去看它，它才是真实的，也才可以存在于我们的俗世中，并保持着俗世的温暖和美。正如我一再地反对和修正自己，只是为了让自己生活在街边上，生活在家里。做一个圣徒？椰子树和我一样，内心里塞满了未来的腐殖土。

烟堆山五则

一

寺庙里的老和尚刘庆，平生最敬仰的人就是明末清初江南丛林的领袖苍雪。苍雪住持苏州中峰寺的时候，经常给寺庙后面的石头讲经，留下了“聚石为徒”的公案。刘庆一个人守着破庙子，没有徒弟传袭衣钵，又找不到下棋的人打发时光，也经常照着苍雪的样子，对着寺庙周边的石头诵经，一诵就是三十多年，直到自己圆寂于乱石丛中，诵经的声音才由风声取代。这刘庆一走，烟堆山上的庙子本来就破，没过几年就倒塌了，泥菩萨全变成了泥巴，庙子仿佛没有存在过，世上也仿佛不曾有过一个名叫刘庆的和尚。这些年，高速公路渐渐地修到了穷乡僻壤，也有一条从贵州方向修到了烟堆山，横穿乌蒙山地区，过滇东北，与川南的高速公路相接。修建高速公路自然需要大量的石料，就有一个温州人在烟堆山上开了一座采石场，取各种石料卖给修建高速公路的建筑公司。这个温州人从烟堆山居民的口中知道了刘庆的故事，到每家建筑公司去推销石料，开口就会这么说："我的采石场的石料，都是和尚念过经的……"

二

"有人吗？"

只要天一黑下来，伸手不见五指，徐贵丽就会将头从窗口伸出去，问黑夜。她知道黑夜无边，远比烟堆山上这个村庄大多了，而且黑夜里也的确偶尔会有人走动，会有进城打工晚归的年轻木匠，半开玩笑半认真地应答她："贵丽，你想我了？下楼开门，我这就上来！"

徐贵丽想要的回答当然不是这些，但她也会对着那黑夜里回答她的人，报以别人看不见的笑容，或轻浮地骂上几句。

有时候，那黑夜里的人作恶，打开手电筒，一根光柱喷射至窗口，就会看见窗口的徐贵丽，敞着胸脯，半截身子悬空在窗沿外面。那张用廉价的脂粉化妆过的脸桃红柳绿，配上一头乱发，样子煞是吓人。

“有人吗?”一直没人，又问得无望了，徐贵丽也把几个活人放上过自己家的砖混小楼。这几个上了楼的木匠都知道，徐贵丽要找的是个死鬼，以死鬼的身份上楼，做爱，实在有些阴险，却又止不住内心那份古怪的冲动。然而，事实也证明，这份古怪的冲动果然伤人。当他们上了楼，骑到徐贵丽身上，徐贵丽一定会迅速把他们掀开，喊着死鬼的名字，并骑到他们身上去。徐贵丽不是因为性饥渴而放他们上楼，在她眼里，他们都是死鬼，死鬼欠下的债务，他们得马上还清。这么一来，所发生的事儿，主角就是死鬼与向死鬼讨债的女人，疯狂与绝情，远胜于人世的怨偶。哦，他们事后要么闭嘴不提，要么心有余悸地来上一句:“哦，那天晚上，就像与鬼打架!”

“有人吗?”徐贵丽还在问黑夜。在她的记忆中，她的丈夫，那个名叫张云山的人，是在黑夜里出门去了广东的。十多年了，为什么还不回来?她问过乡干部，乡干部回答她：“鬼才知道!”

三

走夜路的时候，烟堆山的人从来不敢掉头回望。据说，每个人的背后都有鬼魂紧紧地跟着。这些鬼魂，有的是你的冤家，有的是你的亲人，最让人恐惧的是，有的想超度，一心想取代你，只要你稍有不慎，它就会把你推进悬崖下的山谷。有一次，毛大伟从邻村一个人的葬礼上喝酒夜归，在秋天玉米地中间的小径上东倒西歪地走着。那“空空空”的脚步声，开始时他被酒精麻痹了，并没有注意到，可随着秋风的一阵阵吹掠，人慢慢醒了，身后“空空空”的脚步声终于传进了耳朵。秋风吹拂玉米林，玉米叶已经很干燥，发出排山倒海的金属之声，但这声音他并不害怕，害怕的是这声音也压不住的“空空空”的脚步声。他缓行，“空空空”的脚步声也放缓，他疾走，“空空空”的脚步声也疾走，他停下，“空空空”的脚步声也停下，反正那“空空空”的脚步声就是死死地跟着他。“妈呀！”他大叫一声，撒开双腿就跑，那“空空空”的脚步声也跑了起来，而且他似乎还听见了像他一样急促的喘息声。毛大伟跑回家后，便一病不起，没过多久就死了，在生病的过程中，他一直胡言乱语，说有鬼魂一直在追他，追上了他，而他双脚戴上了鬼的镣铐，真他妈的跑不动了。

四

晚冬，烟堆山上的积雪还没完全融化，背阴的山坡和山谷中，残雪破破烂烂地存在着。马海涛知道春天马上就要来了，收拾了被褥、衣物和干粮，告别家人，独自就钻进了一座有地下河的溶洞。这是一个古怪的老人，几十年来，他不能看见大地之上鲜花盛开，也不能听见春风在烟堆山上没完没了地吹拂，更不能参与任何形式的播种与浇灌，只要犯了其中一忌，整个春天他都会处于发疯的状态中。抽搐、呕吐、迷乱、胡言乱语，甚至会脱光了衣服，在有人或无人的地方嘻皮笑脸地走动。看见花，不管是梨花、桃花、杏花，还是菜园子里的蔷薇，山坡上的映山红，他会一边闪电般地尖叫，一边一脸猩红地脱了裤子手淫，癫狂而又猥琐。如果春风浩荡，他白天和晚上都睡不着觉，总是嘴里喋喋不休地说着什么，然后就爬到屋顶上或某棵树上，对着天空和人世翻白眼，吐唾沫。让他参加劳作，往新翻的土壤里播种，他就会把不知从哪儿偷来的女人的各种银首饰、从坟地上捡来的白骨，或者随便在地上拾起的石头和枯树枝，当成种子种到土里去……为此，在春天即将来临之前，他就得住到溶洞里的地下河边上，黑漆漆地度过春天。当他从溶洞里走出，世上繁花早已落尽，吹拂烟堆山的风已经不是春风。

五

青年男子都进城务工去了，温州、金华、深圳、东莞……有的一年回家一次，有的生死不明，了无音讯。村长是个铁匠，祖上是南明李定国将军大西军里打刀的，打制的郁刀，带剧毒，人触即亡，十分契合阴损之军的气质。然而，人们有所不知，这位军中铁匠，除了打刀，还善于将厚重的钢铁打制成其薄如纸的铁皮面具。大西军败亡，铁匠遁迹烟堆山，不再打刀，铸剑为锄，以打制农具传家，当然，私底下也把打刀和打制铁皮面具的绝技传了下来，村长自然也得了祖传。这祖传本不是什么体面的活计，村长偶习，选择的都是在无人知晓的地窖里，而且每打一把毒刀或一张铁皮面具，也总是很快就销毁了，从不示人。然而，世道之变何其阴损，尤其是当他看见一村的怨妇频频受到筑路工人的骚扰，有的甚至被采石场工人一番花言巧语就拐走了，内心慢慢地就开始起了波澜。开始的几个月，他打制了村子里一个个青年男子的面具，没事的时候，就选择一张戴在脸上，风尘仆仆地穿行在村子里，让全村的人都说，哦，某某人回家来了，特别是警示某某人的妻子，千万别犯糊涂。花招是有用的，可其用处维持不了多久，当人们都知道，这不便挑明的花招都是村长所为，接下来，想干什么仍然干什么，甚至干得更加明目张胆。如此一来，烟堆山上这个村庄逐渐臭名远扬，那些外出务工的青年男子，有的听到妻子的风言风语之后，匆匆地就从外地往家里赶。村长深知，如果这些青年男子回到家，看到的景象果然是传说中那样，必然会有很多家庭免不了大吵大闹，严重一点的或许还有解体的危险。于是，他不分白天黑夜，在地窖里迅速地打出了一把把剧毒的郁刀，并很快地就分发到了一个个怨妇的手上。令人称奇的是，他告知她们，只要丈夫进了家门，就一定要从门后猛然跳出，挥刀就劈，当然，他一再叮嘱，一定不要往人身上劈。可悲的事情后来也发生了一例，这个花招是为了告诉丈夫，在家的女人都是烈妇，但有一个女子，伙同相好，一刀就要了外出归家的丈夫的命。

杀过狮子的人

从荒丘上下来，马兴旺没有急着去山谷里的村庄见相好，而是找了片向阳的山坡，在草丛中躺了下来。暮秋的阳光，从几片云朵间透过来，正好可以抵消山坡上的凉意。他先是把上衣脱了，晒上几分钟，又把裤子也脱了，赤条条地躺着。他的眼睛是闭着的，双手却没有闲着，不停地抚摩着自己的双肩、胸口和肚子。当他发现无论自己怎么用意念控制自己，也难以平息剧烈跳动的心脏，他的双手才停止了移动，重重地压在了心脏上。但这样的压制，也没有让他的心脏安宁下来，相反，他开始了痉挛、抽搐，就连双腿也开始激烈地扭动，拼命地拍打着山坡。在荒丘上走过的那个采药老人眼里，山坡上的马兴旺“他脱光了衣服，仿佛还想把自己的皮肤撕下来，似乎他的身体里躲着那个杀死他父亲的人，他想抓住那个人，杀死那个人”！

在我野马山丘的闲逛生涯里，我曾经长期跟踪过这位采药老人。按照山谷里人们的说法，这位采药老人从来没有在山中挖取和摘下过任何一种药物，一生都在荒丘上走动，他是在寻找他丢失的魂魄。当然，也有人说，他是在找李定国将军所率的大西军埋下的宝藏。找魂之说，在每个人都灵魂附体的年代，更像是一则新闻，一个人这么说，山谷里所有的人也就相信了。可是，到了现在，人人都失魂落魄，反而没有人相信了。“你骗谁啊，谁会相信这个老头花一生的时间，就是为了找一种看不见、摸不着的鬼玩意儿？”人们开始咬定，采药老人身上一定有一张藏宝图。我是不相信寻宝说的。南明王朝丢盔弃甲，李定国魂不附体，大西军状如流寇，即便带了些宝贝流亡云南，也早就挥霍一空了，哪儿有机会埋没于荒山野岭之中。所以，我决定跟踪一下这个老头，看他是找魂呢，还是别有所图，或者真的是在寻找一味什么神奇的药物。云南的荒丘，从浪穹县一直向南绵延，过哀牢、无量，直抵镇越县境，停止于老挝北部。我跟在他的身后，往返穿越，或停顿于一再改换地名的小镇，或迷路于无人光临的深山，饮水中毒，食用野花致幻，在一座座冷落的小庙里清数雷声和闪电，像恶狼一样偷食无人看顾的羊羔。在景东县漫山遍野的乔木杜鹃林里，我因为花粉过敏，浑身红肿，发痒，并昏迷于一块巨石之上。采药老人没有像其他被跟踪的人那样甩脱我，而是将我背出杜鹃林，将我的衣服脱光了，放进了一条碧绿而又清凉的溪水中，直到我清醒过来。当然，见我还魂了，他用慈善的目光盯着我，还是忍不住问了我一句:"为什么跟踪我呢?"但他的语调没有恶意，甚至他的发问，给人的感受也没有一定要得到答案的意思，他的问，完全可以理解为无话找话说。我躺在溪水里，先向他致谢，然后才告诉他，因为我很好奇，想知道他在干什么。

他说，他在找一个杀过狮子的人。

从溪水里起身，穿好衣服，把他留下的一个芒果和木瓜吃完后，他已经走上了另一道山梁。那一刻，天已黄昏，太阳落入了无量山层层叠叠的青峰丛。晚风是从西双版纳方向吹过来的，带着雨林丰饶的潮湿与腐味，其中，有灰色的鸡蛋花幽灵般的香气。"喔，找一个杀过狮子的人?"我找了一座悬崖坐下，望着采药老人沿着山梁上的荒径费力地继续南行。他的身影越来越小，渐渐地就没了，代之的是南方天空上一颗颗闪光的星斗。他为什么要找那个杀过狮子的人呢？又为什么要尽可能地绕开市镇到荒野里去找？他在找那个人的坟墓？第二天，当我赶上采药老人，我把三个问题跟他说了，他突然变得有些神色慌乱，取下腰间别着的砍刀，移步至一棵菩提树下，疯了似的砍断了很多根菩提枝条。末了，才掉头，喘着粗气，对我说："你还是把我当成一个寻宝的人吧，也可以当作一个找魂的人……"那是我第一次从他的眼睛里看见凶光，锋利、冰冷。之后，也再没看见过，即使他在向我描述马兴旺癫狂的景象时，他的目光也是柔和的，让人有一种不安的归宿感。

"哦，马兴旺，我认识他的时候他还是一个少年，是一个老佛爷的徒弟，穿着袈裟，喜欢爬到大青树上去诵经……"采药老人每次说起马兴旺，更多还是乐于提及做小和尚的马兴旺，那个寻找杀父仇人的马兴旺，能够绕开，他就会尽力绕开。所以，当他把砍伐下来的菩提树枝积在一块儿，扔了砍刀，一屁股坐到枝条堆上，他开始用近乎哀求的语调对我说："寻找与跟踪，都是他妈的业障，你别跟在我身后了好不好，好不好？我找杀过狮子的人关你屁事啊，我已经找了几十年，你就让我一个人去找，你斜插进来干什么呀？”边说，边用手使劲地撕扯着身下的菩提叶，并把撕碎的菩提叶往头顶上抛撒。我无意将采药老人逼入绝境，走到他身边，蹲下来，将他一头白发的脑袋揽入怀里，拍着他的后背，向他道歉，告诉他，他可以继续南行，我再跟踪他一个月就将返回浪穹县，不再跟踪他了。话没说完，那贴着我胸口的脑袋，嘴巴咧开，发出了长长的一声狮子般的悲鸣。喷涌而出的老泪，把我的衣襟浸湿了一大片。

几年后，在一座精神病医院里，我找到了马兴旺。医院建在哀牢山中，周边有几个傣族寨子，而且每个寨子里照例都有金色的缅寺。马兴旺是由他的相好送到医院来的，他的相好不认为他有精神病，只是觉得他总是把自己的衣服脱得精光，寨子里的人认为很丢人，只好送到医院里面来。我看见马兴旺的时候，他穿着医院统一的病服，坐在医院围墙边的一棵芒果树下，光光的脑袋靠在树干上，眼睛朝着天空，手里折着枯枝，不像一个病人，倒像一个默诵经卷的居士或还俗的和尚。医生喊他的名字："马兴旺，有人找你！”他侧目看了看医生，声音很洪亮："谁找我，找我整啥子？”令我无比惊诧的是，听说有人找他，马兴旺站起身来，朝着住院部，风中的云朵一样就跑了。再次出来，他已经脱光了衣服，赤条条地出现在住院部门前的草坪上，胸腹之上，全是密密麻麻的伤痕。医生说，让医院一点儿办法也没有，马兴旺总是用自己的指甲、树枝、石片，没完没了地划自己腹胸上的皮肤，总是说要把自己的心脏拿出来，献给被人杀死的父亲，而医院又不可能将他绑起来。最要命的是，任何镇静的药物，对他一点儿作用都没有。脱光了衣服的马兴旺，躺到草坪上，痉挛、抽搐，与采药老人描述的没有任何区别。我坐到草坪上，拉大嗓门，问他："你知道是谁杀死了你的父亲吗？"他猛然抽身而起，在草坪上狂奔，口里嚷着："哦，狮子，狮子，哦，狮子……"

采药老人至今还在云南山中寻找杀过狮子的人，马兴旺也一直在嚷嚷着狮子狮子。他们两个人像我生活里的幽灵一样，不时又跳出来，外形也渐渐趋向于狮子。很多谜团注定是没有谜底的，即使有，也总会被时间或人工永远掩盖着。今年春中，我又有过一次从浪穹县至镇越县的山中行，曾在一个澜沧江边的缅寺中听到过这么一个故事：一头从缅甸来的狮子，曾经窜进寺庙，叼起念经的一个信徒就往深林里跑。就在那时候，一个背着猎枪的采药人刚好路过，"呯呯呯"就是三枪，狮子把叼着的人放下，跑了。可丢下来的信徒死了，身上留着三个弹洞。见此情景，寺庙里的一个小和尚被吓疯了……我相信这个故事是真实的，也是一直被死死捂住的。令我不解的是，那故事中的两个人完全可以对应现实生活中的两个，他们果真是我认识的这两个人吗？如果是，他们寻找的意义是什么？也许我还得去找找采药老人和马兴旺，尽管我也说不清，见到他们我能讲什么。

虎吼

入冬后，大雪就没有停过，感觉天空里的奶粉厂、盐矿厂和面粉厂，全都打开了仓库的大门，愤怒地向人间倾倒着经济危机时代的积压产品。天空之上的过剩物资，对素来饥寒得高耸着巨石般灰色骨头的乌蒙山来说，足以满足另一种幻象的奶粉、盐和面粉，完全可以在萧瑟的梦境中变成求之不得的实物。人们从用来逃避饥饿的睡眠中翻身爬起，赤着脚，兴冲冲地就跑到了一座座千仞绝壁之上，打开久握的拳头，双掌从空中抓来一把把白雪，狠狠地往自己嘴巴里塞。边塞，边叫，脸上热泪滚滚。

松树镇后山最高的那座山峰，名叫打虎峰。自从这个山中小镇建立以来，每逢世上发生大事，乌蒙山里所有的老虎都会嘴巴上叼着一只羊羔赶到这座山峰上来，聚在一起，吃完鲜嫩的羊羔肉，然后就对着小镇发泄轰天炸地的雷霆之吼。吼声经久不息，让小镇上的人如临末日审判，以一家人为单位，彼此攥着对方的头发，死死地抱在一块儿。那些鳏夫和未亡人，无人可抱，就每人抱着石水缸，剧烈地发抖，让水缸里的水泛起阵阵波纹。听见虎吼声，也有人撇下家人，拉开门，箭一样射向距小镇两公里的墓地，跪在某块墓碑下，磕头，哀求，希望在天之灵能伸出一双救人的巨掌，或从天上伸来一把把闪光的金楼梯。由于小镇建在了群山的腹心，四周就有很多溪流顺山而下，在小镇的一个个角落汇聚成池塘。平时，这些池塘明亮如镜，周边长满了青草和人们种植的果树，男人在里面养鱼，女人在里面洗菜或者洗衣服，夏天，孩子们则在里面嬉水。遇上干旱，人们就取池塘的水去救急，甚至可以将池塘的水灌满一个个巨大的塑料桶，用牛车拉了，去无水的山中出售，换一点买盐的钱。总之，它们带给小镇的全是好处，没有坏处。小镇上的人，翻山越岭到世界上去闯荡，变成了显贵或乞丐，谈起故里，鲜有人赞美高山，赞美打虎峰，但言及这一汪汪池塘，人人心里均会顿时涌出无尽的眷恋。然而，这些池塘，在那些经历过虎吼的人心里，一旦想起它们，眼底立马就会浮起一具具浮尸，它们的积水从山上流下来，仿佛承担了另外的使命。据说，当虎吼声传来，小镇上的一些外来人耳朵里就会接收到一道命令："请你跳进池塘去藏身，快，快点！"虎吼声消失后，这些跳进池塘的人，当他们从池塘下面漂起来，他们已经把自己彻底交付给了池塘，没有一个湿漉漉地爬回到岸上。

下雪的时候，杀人凶手刘庆文就站在打虎峰上。他表情古怪地望着其他山峦上往空中抓雪狂嚼的人，嘴巴上叼着一支香烟，双手上的鲜血还没洗。把烟抽完，吐尽一团团白雾，照理说，刘庆文应该抬起血淋淋的右手，从嘴巴上摘下烟头，用食指将烟头弹向雪花飞舞的空中，接下来再用脚边上的积雪擦洗手上的鲜血。可刘庆文没有这么做，他懒得抬起右手，而是舌头一顶，一口粗气就把烟头吐向了松树镇方向的空中。随后，他蹲了下来，刻意让目光变得柔和一些，带着讥讽的微笑，用右手轻轻地扫着已经僵硬了的张佑太身上的积雪。积雪与鲜血凝结在了一起，他从旁边的雪堆里找出了匕首，用匕首尖将一块块红雪挑起来，再一块一块地赶开。匕首尖挑到张佑太衬衣上的金属纽扣时，发出了轻微的响声，他干脆手臂微微上抬，手中的匕首垂直向上，轻轻一拉，张佑太的衬衣就被划开了，再用匕首尖左右一挑，衬衣和衬衣上的积雪倒向了身体的两边，淡粉色的胸脯就露了出来，血液还没有彻底凝结的创口也露了出来，奶粉、盐巴、面粉纷纷落在了上面。此刻，刘庆文也才收回脸上的表情，双手和双腿张开，茫然地向后倒向雪地，身体即将触地的一瞬，右手向内一收，把匕首深深插入自己的心脏，然后又迅速拔出，扔在了雪地上。他的身体与张佑太组成了一个天字形。

这一场大雪下到了腊月初才停住。天空也空了，再没有多余的素材可供乌蒙山里的人们培育想象力。人们肚腹里装满积雪，似乎也不想继续跑到绝壁上去手舞足蹈，特别是当这些积雪让他们领受到了一种内在的冰冷的时候，他们反而开始向往头顶上那高悬着艳阳的天空，希望这梦境里的食物尽快排出体外，代之某种能够满足新一轮幻觉的崭新填充物。新一轮的幻觉大抵也是古老的幻觉，不会有什么新花样，无非仍然是布匹、火焰、食品和麻药等俗常之物的影子，可那“崭新填充物”属于未知，人们真不知道会是什么东西。好吧，既然不知道，并且不知道什么稀罕物才能解决自己的实际问题，那就不用挖空心思去乱想象了。人们因此进入了新一轮的梦境中，用新生的没有杂质的逃避之法，应对着时光的流逝和意念的反复涅槃。能活命于意念中的人真是有福了，一个崇拜老虎的人，某天中午进入了松树镇，当他看到镇上关门闭户，人人都蜷缩在被窝里等待内心的冰雪融化，忍不住大加赞叹，把松树镇的寂静归类为墓地的寂静。他说的墓地，是新修的无边无际的却又没有死者入主的墓地："世界如此喧闹，只有松树镇是寂静的，死一般的寂静。"这个崇拜老虎的人其实没有夸夸其谈，也没有故意煽情，松树镇确实非常的反常，小街上一个人影也看不到，更不可能有人交头接耳，谈论着打虎峰上的凶杀案。整个冬月，人们都足不出户，谁也不可能去攀登打虎峰，自然也就不会有人知道打虎峰上的积雪下面卧着两具尸体。所以，当这个以老虎为图腾的人，跌跌撞撞，下了打虎峰，在空荡荡的街道上，边跑边喊"杀人喽，杀人喽"的时候，小镇上的人们才知道老虎怒吼的山顶上，一个人被另一个人杀了，杀人的人又把自己杀了。第二天，有关机构的人在到过现场后，组织群众把两具尸体抬下山来，分别交还给他们的亲属，人们才纷纷移动自己冷飕飕的身体，走到街头，或摇摇头叹一口气，或外表麻木不仁五内则生出些奇思乱想，或从衣袋里掏出手机，把刘庆文和张佑太的手机号码删除了。“我以为打虎峰上，肯定有老虎的魂魄在游荡，难说还会有老虎血染红的石壁，没想到气喘吁吁地爬上去，上面竟然……”崇拜老虎的人，逢人就高声喧哗，一副非将小镇从寂静中拖出来的架势。人们普遍都不迎合他，相反把他当成一个报送死讯的人，觉得他的身上夹杂着地狱的湿气。刘庆文的父亲年轻时曾经是松树镇上出了名的猎人，虎豹出没的那些年，出任过“乌蒙山猎虎总队”下属的一个分队长，伏虎、猎豹、杀狼，风头无二，家里的虎骨酒摆满了宽大的供桌，听说现在的床底下都还存放着一罐子。这个人在耳朵边上大声嚷嚷的次数多了，终于在葬礼上猛然绷直驼了的腰身，用混浊又不失凌厉的目光逼视着他：“你有着一副老虎一样的嗓门，上了打虎峰，为什么在上面时不对着松树镇大吼几声？”只字不提带来死讯的事儿，无意撂下眉毛底下一个凶手父亲所承担着的精神压力，但又巧妙地以挖苦人的方式把人们关注的话题分了个岔儿出来，同时，也是最有意味的，这个猎虎队的分队长，表面上虚晃一枪，实际上十分隐蔽地就把那个大声嚷嚷的人引上了一条重登打虎峰的小路。穿插着参加完两个同时举行的葬礼，回到只有他一个人住宿的春山旅社，崇拜老虎的人回想起猎虎队分队长的话，总觉得这话里分明在暗黑的夜幕中给自己递过来了一道闪电，闪电的光瞬息即逝，但又是真实存在的，闪现在某条登山之路的尽头。是啊，那天去登打虎峰，如果上面不是一个凶杀案现场，自己会不会像老虎那样吼上一嗓子呢？一旦吼了，又会怎样呢？他越想越是觉得这个气氛诡异的松树镇，它不但有意抽走了某些惊心动魄的客观存在于人们生活中的黑夜，而且它还将幻象与现实世界搅和在了一起，并且明显地把真相推向了幻象的一边。

在同一天，两场葬礼同时举行。一支送葬的队伍往小街的北面缓缓移动，另一支则往南移动。小镇上的人们坚持了他们古老的习俗，没有空中翻飞的纸幡和纸钱，也没有鞭炮和香炷开辟死者的超生之路，在众花寂灭的腊月，他们几乎砍光了山坡上刚刚引种不久的冬樱花树，一人扛着一棵，把整条小街装扮得极其凄美、妖娆。“持美而夭，何其绝美！失我心骨，何其空茫……”低沉而灿烂的送丧歌，也似镶了金边的乌云浮动在只有几米高的空中。见识到这样的场景，那个崇拜老虎的人一再对自己说，这是多么的务虚啊，几次想扔下分发给他扛着的那棵冬樱花，让自己以外来人的身份呼天抢地地为两个年轻人痛哭一场。可就在这个时候，他的耳朵里仿佛响起了一个声音：“请你安静一点，这冬樱花的海洋里最适合你藏身！”声音与虎吼时诱引外来人朝着池塘里跳的声音是一样的，他自然不知道，但他服从了，关上了自己令人讨厌的大嗓门。神秘的声音让他闭上了嘴巴，接下来胡吃海喝的丧宴带给他的印象一度又让他差点失控，幸好他早早地回了旅社。多么匪夷所思，落雪时，人们还爬上一座座山峦和绝壁去抓飞雪果腹，这时候，人们几乎杀光了小镇上所有的牲畜和家禽，几百张餐桌上肉食堆积如山，满眼全是张开的大嘴和雪白的牙齿，嚼肉啃骨的声音就像有一群恶虎在撕吃爪下的羊羔……是的，两席丧宴把人们从幻觉中抓了出来，肉食和酒水终于成了人们梦境之外滋养身体的“崭新填充物”，人们眼底的鬼影子消失了，那腹中的冷雪，一碗烈酒下去，马上就融化了，变成一泡热尿，哗哗哗地就冲出了体外。什么末日审判，人们沉浸在了末日的狂欢之中，直到自己找不到自己或一再把横卧在街边的别人当成自己为止。当然，也有两个人什么肉也吃不下去，一口酒没喝，他们分头离开了两个不同的丧宴，不约而同地来到了一个池塘边。他们不是别人，是两位死者的父亲。“知道吧，这池塘里死过很多人？”开口的是张佑太的父亲。猎虎队分队长没搭腔，递给对方一支纸烟，两人都点了火，坐到女人们用来洗衣服的两个石墩子上，一声不吭地抽了起来。抽完了，又续上，冷冷的目光下，两个人的头上就像罩上了一团灰雾。其间有几个醉汉腾云驾雾地从身边飘过，见了他们，也总是把他们视为石墩子。“你说，这两条狗命怎么就这么没了？”沉默了两个时辰左右，也不知这话是谁说的，也没有另外的声音附和。随后，他们的对话像喷火艺人嘴巴里喷出的火焰，同样也分辨不出哪一束火焰是谁喷出来的。

“今天，我一直在想，为什么两个孩子会落得这样的下场，想来想去想不明白。唯一的可能就是你把我们之间的血仇告诉了孩子！”

“血仇？什么血仇？我们之间什么时候结下了让儿孙以死相殉的血仇？”

“请你不要装糊涂好不好。那一天，我们十多个猎虎队队员，一人披一件虎皮进山猎虎。说好了的，大家分别埋伏在不同的地方，等着几只老虎从打虎峰上下来，我的哥哥，他就躲在两棵松树之间，根本不在老虎行走的小路上，结果，老虎还没来，你就开枪了，一枪就要了他的命！”

“不，我没有，绝对没有，你这是诬陷。那天晚上，月光那么亮，我肯定不会把人看成老虎。而且，那晚上，我一枪未放，老虎听见枪声，根本没从打虎峰上跑下来！”

“你还要抵赖？”

“我没有抵赖。我只听见有人放枪了，接着就听见了一阵乱枪。是的，你的哥哥就被打死了。”

“我知道你和我哥哥同时喜欢上了一个女人，你是借机除掉他！”

“你放屁，我他妈哪个女人也不喜欢，你哥哥喜欢谁我也不知道。我凭什么要他的命？凭什么？噢，照你这么说，后来的一天，同样是进山猎虎，我弟弟也是被一枪毙命的，那开枪的人原来是你，是你在报仇啊！”

“不，我只杀虎，从来没杀过人。尽管我知道你杀死了我哥哥，我有一百次机会杀了你，我都没开枪。我为什么要杀你的弟弟？”

“你别装了，你不杀人，我难道没看见过你杀人？每个人都披着虎皮，我就亲眼看见你把一个埋伏在溪水边的人当成老虎，一枪就打倒在了溪水里。我真不知道你为什么要杀他？”

“唉，你真是血口喷人，猎虎队十多号人，老虎打杀完了，人就剩下咱两个，除了有五个被老虎撕吃了，有四个摔死了，其他全是误杀而死，我一个也没杀过，是的，没有。”

“照你的说法，全是我杀的了？”

“你杀过，死去的人里也有人活着时杀过，然后被杀。”

“我再告诉你一次，我没杀过人，听好了，我从来没杀过！”

“哈哈，有哪个杀人的人承认自己杀过人？现在我终于见到了一个。这个人就是你！你不仅杀人，你儿子也杀人！”

“什么？我儿子杀人？你妈的，我真想杀了你，这一分钟，我真他妈想杀了你。我儿子分明是你儿子杀的，你把血水往我头上泼倒也罢了，现在你又来往我儿子头上泼！”

“哦，这个你也不承认？我儿子从来没有过匕首，匕首肯定是你儿子的，他用它杀了我儿子。”

“你儿子会没有匕首？我相信你儿子生下来，口里就含着一把匕首。请你不要再洗白自己和自己的混蛋儿子了！”

因为有月光，池塘里倒映着打虎峰淡淡的倒影，说到猎虎行动和打虎峰，两个黑影还会伸出手指，对着池塘指指点点。那些秘而不宣的往事，仿佛已被他们联手沉入了池塘。事实上也是，两个黑影没完没了地互喷火焰，谁也没把谁烧焦，不仅没有动手，彼此还互递香烟，相互有着忌惮与默契。他们一直在说，说到黎明降临，揭发，否认，再揭发，再否认，说的都是对方的手上沾满了鲜血，而自己是清白的，罪恶没有可靠的证据，清白也没有可靠的证据。对于刘庆文和张佑太两个孩子的恶性死亡事件，他们都力图找出原因，“血仇”被找出来了，但血仇也是无人认领的，无非是他们两个人之间最为隐秘的一个话题，永远不可能向小镇上的人公开。你不能说他们都彻底忘记了自己作为父亲的身份，没有了老年丧子者的剧悲，说到他们第一眼看到儿子尸体那一刻的景象，其中一个人还捡了一块石头，恶狠狠地砸向了池塘里的打虎峰，另一个人则往自己脸上重重地击了一拳头。他们的悲与疼被他们藏起来了，不对，应该说他们的悲与疼，因为害怕别人从两个孩子的死亡事件中发现什么，他们就有意地回避开了。同时，他们将两个孩子的命称为“狗命”，说明他们又恢复了自己猎虎队队员的身份，拥有着猎虎时代“猎虎英雄”和“两个光荣的幸存者”光焰之下那颗战士的心。作为父亲时，他们不相信儿子会以自己的死亡去了结“血仇”，其中必然另有隐情，可他们却又害怕深入的调查，毕竟他们经受不了调查。所以，当办案机构以杀人和自杀为结论草草结案，他们没提半点异议。可是，作为猎虎队队员，对于儿子以命了结“血仇”之说，他们是乐于接受的，了了，一了百了，这了可以彻底地埋藏所谓血仇，可以无奈地用“狗命”去抵冲部分血债。他们不是猎虎时代血雨腥风的掀起人，但他们是马前卒，以前因为种种原因而被裹挟，现在因为拒绝觉醒而害怕审判。两个儿子的死，按说给了他们接受审判的机会，他们放弃了，反而用儿子的尸体去压住了打虎峰山顶的风雪。

葬礼之后，每天都有烈日，松树镇四周山上的积雪纷纷融化，流下来的雪水把每个池塘都填得满满的。开始的一两天，胃里面积压着从丧宴上获取的过量的肉食与酒水，人们又重归于梦境，人人都不想放下肩上扛着的那一棵冬樱花，还想继续行走在送葬者的队列之中。“持美而夭，何其绝美！失我心骨，何其空茫……”那个崇拜老虎的人从空荡荡的小街上走过，听见每扇窗户里都会传出梦呓般的歌吟。可当胃囊逐渐空掉后，渐渐才有人走出家门，提着竹篮子，准备到山上去寻找积雪。不曾想到，当他们来到小街上，还未走到山脚，就发现小镇上的池塘在阳光照射下，那铺天盖地的白色反光，已经令人头晕目眩。猎虎队分队长和那个崇拜老虎的人正在小街上跑来跑去，拍门打户地召集人们，号召大家人人动手，尽快把褐色的稻草和麦秆子撒到池塘里去，或者用大棚温室上一张张巨大的黑色塑料薄膜把池塘包扎起来。张佑太的父亲神色憔悴，一看就是几夜没有合过眼了，显然也是最早发现白光之灾的人之一。他已经把家族里梦游之中的十多个青年男女组成了一支突击队，下设三个小组。第一个小组负责把葬礼上用过的两棵冬樱花树从墓地上运回来，扔到池塘里去；第二个小组负责把小镇上的黑煤集中在一起，倒进池塘，把水搅黑；第三个小组的工作比较难做，他们得动员小镇上的人们把黑色的衣物捐献出来，用铁丝或者竹竿串成平躺的人样，然后铺架到池塘上面去。小镇从来就不缺少悲剧性，大家都穿黑衣服，可衣物毕竟有限，捐出去了，人人就得天天赤身裸体地躺在被窝里，发生了什么急事可就出不了门了，所以，大家都犹豫不决，觉得这个方法很好但后患也很多，不愿捐献。张佑太的父亲见其他两个小组的工作搞得如火如荼，就是这个组难以破局，步履蹒跚地前来督阵。风雨见得多，乱象经历不少，解决难题的经验也很丰富，他稍做民意调查，立马就拍板：每一户人家，男式和女式分别留一套衣服作为急用，其他全部捐献。于是乎，很多的池塘上，迅速布满了黑色的人影。捐献了衣服的人们，乖乖地回家做梦去了，小街上，最后只剩下用黑色塑料薄膜严严实实地套住的三个人。他们一个池塘接一个池塘地去检查，担心有人疏忽了，某个池塘露出清澈的水面。三个人中，一个声音说，只要有水面露出，太阳的光就会肆无忌惮地集中到这片水面上来，水面的反光不仅会让白日梦里的小镇持续升温，将人们导入神秘无解的白色空间，继而呕吐、癫狂、迷乱，甚至燃烧。同时，那座倒映在池塘里的打虎峰则会随之陷落为深渊，既有幽灵般的呼唤声从下面传上来，还会产生一种阴森森的巨大吸力，让人不可遏制地就往池塘里跃去……听声音，说话的是张佑太的父亲，但没等他说完，另一个声音打断了他。这个声音明显是猎虎队分队长的，他说，听好了，你这个崇拜老虎的人，关键是，那太阳与水的反光一旦出现，特别是当小镇上的每一个池塘都有反光，这些反光将统一照射到打虎峰上，它们就像地狱之光那样，一眨眼就点燃了峰顶上那一座座红色绝壁，使之就像连绵千里的乌蒙山向天空升起的反叛的、不祥的巨大火焰。也正是因为这火焰，那些嗜血的老虎才朝着这儿云集，它们都以为，沿着火焰向上攀，它们就可以进入天空，成为天空的组成部分。然而，当它们来到打虎峰上，发现一切均是阳光与水面制造的幻象，哦，对了，这个你肯定是知道的，它们认为自己受骗了，幻灭之后，便对着水面上反射而来的白光，也就是松树镇的方向，发出了排山倒海的怒吼。那声音真的能满足人们对死亡的想象与恐惧，仿佛天上的魔鬼全都发怒了，想用自己的声音毁灭小小的松树镇。

太阳的光被人们阻止在了池塘之外，第二天，太阳就到其他地方去了，松树镇的上空先是来了几朵乌云，随后，雨就下了起来。猎虎队分队长躺在床上，听着雨声想事，旁边的老伴一再催他，说下雨了，太阳跑了，得去池塘里捞几件衣服回来，否则怎么度过这个寒冷的冬天啊。他没有理会老伴，而老伴见他不动，只好穿上仅有的一套衣服，出了门。屋子里好静，像那个该死的崇拜老虎的外乡人所说，是墓地上才有的寂静。嗯，墓地，的确是墓地，闭上眼睛，就能感觉到屋子的地面、家具、墙壁、天花板、自己躺着的床铺，乃至自己身体的每个部位，每根骨头上，都有青草在嗖嗖嗖地冒出来，嗖嗖嗖地朝上疯长，嗖嗖嗖地长出了屋顶，而这屋子的正中央，分明摆着他和儿子的两具骷髅。不止一次，他看见儿子胸口上咕咕咕地冒着热血，站在床面前，脸上有新鲜的尘土，表情似笑非笑但明显地带着一股寒气。儿子满手的血也还没有洗掉，沾上了泥巴和草屑，衣服的皱褶和发丛中，白雪凝结成了深灰色的冰碴。第一次见到儿子，是葬礼后第二天中午，他躺在床上，想撑起身子去抱儿子却怎么也撑不起来，儿子似乎也不稀罕他的拥抱，冷冷地站着："爸爸，是你教会了我杀虎的技艺，我一直想试一试。下雪那天，我去了打虎峰，奇迹般地遇上了同样去杀虎的张佑太。唉，在我看见了一头老虎时，抽出匕首，猛然扑击过去的时候，老虎金色的皮毛突然不见了，它竟然变成了张佑太。而当我以为自己杀了人的时候，张佑太又变成了一只死老虎，他们不停地变来变去，我一点儿也分不清，自己杀掉的是老虎还是张佑太。到了最后，我发现自己也在不停地变，一会儿是老虎，一会儿是我，我仰面朝天，向腾空而来的老虎送出匕首，匕首却插进了自己的心脏……"儿子陈述的事件不乏惊悚，可口气始终冰冷，一字一句均斩钉截铁，话音未散，人就不见了，没有给他一分钟的提问时间。之后又与儿子见面，儿子一句话也没有，他问什么，儿子立马就消失。儿子说的杀虎场景，有那么几次，他都想与张佑太的父亲做个交流，特别是太阳之光刺激池塘的那天，他们都同时嗅出了松树镇空气中飘荡着一丝血腥味，甚至隐隐觉得乌蒙山中的老虎并没有赶尽杀绝，经过多年的繁衍，老虎早已成群结队，正在翘首观望，只等打虎峰上升起火焰的大旗。儿子的说法，契合了天象，与他们当年杀虎的景象也是一致的，而且他感到，儿子这一代人显得更决绝，决绝到了连给自己也不留生路，想想，都令人不寒而栗，所以，有必要与张佑太的父亲说说。但那天事情多，又很紧急，猎虎队分队长也就打消了交流的念头。之后，见张佑太的父亲也不想在儿子之死这件事情上大做文章，连惯常的经济补偿之类的话题都没提，他就把交流的念头摁灭了。再说，像松树镇这种依靠幻觉而存在的鬼地方，新一代人愈发依赖幻觉，这样的报应也无可厚非。如果哪一天打虎峰又聚满了老虎，相信人们也会焕发出嗜血的本能，无所顾忌地与之同归于尽。

那个崇拜老虎的人不久也就离开了松树镇。走之前的头一天，他约了猎虎队分队长和张佑太的父亲一起登上了打虎峰。三个人坐在峰顶上，看着四面的群山和天上的云朵犹如虎群奔突，人人心里都涌入了一只接一只的老虎，人人都又不知道说什么为好。只有在他们把目光投向松树镇时，张佑太的父亲才对崇拜老虎的人说了一句："是你把死讯从这儿带给了我们。"崇拜老虎的人不在意他把自己当成死神的邮差，笑了笑，掉过头对着猎虎队分队长说："你暗示过我要重登打虎峰，后来我也来过几次，并没有找到虎吼的秘密，而你们说的那些，我是不会信以为真的。”说完，他就模仿老虎的吼声，对着松树镇大声地吼叫起来，他的嗓门再大，声音也像全力扔出去的一串点燃的鞭炮，转眼就爆炸光了，不可能传到松树镇的上空。待这人吼完了，猎虎队分队长拍了拍他的肩头，将脸转向张佑太的父亲：“你听，他这也叫吼？当年猎虎大队几百号人经常在此学习、训练、开批斗会，没事了，一人一个高声喇叭，就对着松树镇一阵接一阵地喊口号或者做虎吼，吓得镇上的人们天天都疑神疑鬼、失魂落魄……”他一说完，两个猎虎队队员都笑了起来，笑声里夹杂着一丝丝虎吼的音质。那个崇拜老虎的人，到这个时候似乎也才知道了老虎是怎么吼叫的。

白鹭在冰面上站着

一

冬日黄昏的土路，冰凌早就融化了。但那一层薄薄的冰凌化不出多少水来，它们只是把路基表面的尘土浸湿了，人走在上面有点打滑。小男孩从旧庙改成的小学校出来，低着头，匆匆忙忙地就往家里赶。脚上的布鞋是父亲穿烂了的，母亲缝上几个补丁让他接着穿，尺码显然大了很多，他在鞋尖里塞了布团子，仍然不合脚，走在土路上，一拐一滑，看上去十分费力。

土路两边都是收割干净的稻田，蓄了水，从上面吹来的北风既刺骨又阴冷。小男孩上身只套着穿了两件补丁成堆的单衣，下身就是一条有了几个破洞的劳动布单裤，所以，尽管走路很费劲，他还是一个哆嗦接着一个哆嗦，脸上吊着长长的鼻涕。他幼小的灵魂似乎已被冻僵在了离去的风里，所幸他尚能把它收回来。

“放学后，马上回家，去荒地里挖点荠菜。”上学前，母亲叮嘱过他。

“挖荠菜，是不是，妈妈?”小男孩以为自己听错了，反问了一句。蔬菜是有等级的，青菜、白菜和莲花白排在末尾，一般都是清水煮，配上一个辣椒蘸水，便可应付一顿饭。往上，就是菠菜、豆尖苗和荠菜，这三种菜清水煮出来味道寡淡，不仅填不饱肚子，还让胃里水汪汪的，很不舒服。但只要把它们放到油汤里去煮，再加些肉片或豆腐进去，滋味就变得无比的鲜美。再往上，就是青蒜、青椒、生姜和小葱之类的佐料了，小男孩的家里，几乎没有它们的踪迹，只要爸爸妈妈说，去地里采几个青椒、拔几根蒜苗、挖一块生姜，嘿嘿，那就是说，接下来的这顿饭有炒肉吃了。小男孩上一次吃肉是中秋节的时候，算起来已经是两个月前的事情了。之后，家里来过一个借粮的亲戚，晚饭时母亲用猪油汤煮过一次菠菜。想起猪肉和油汤，小男孩就忍不住嘴巴里冒口水。所以，听到妈妈说要他挖荠菜，他就知道今天的晚饭有油荤了，心里说不出来的高兴。以至于整个下午的两节课，小男孩根本不清楚老师都讲了些什么，一会儿想着自己在荒地里挖荠菜，一会儿又想着饭桌上那油汪汪的一碗，想着想着就又是咽口水又是傻笑，脑袋上挨了老师的几颗粉笔头。

一切不出小男孩所料，到了傍晚，妈妈洗了头，换了一身干净衣服，很上心地把他挖回来的一竹篮荠菜择洗干净了，果然用油汤煮了一大碗油荠菜，关键是，里面还放了很多雪白的豆腐。妈妈把荠菜煮豆腐做好了，又用油炸了一碗土豆条，拌了碗酸菜。小男孩欢天喜地地拿着碗筷，大声喊着门外正在劈柴的爸爸："吃饭啦，吃饭啦！"

"我们再等等，一个亲戚快到了。"妈妈一边对小男孩说，一边又冲着小男孩的爸爸问，"他到底什么时候才到啊？天都黑了。"

"应该进村子了吧！"爸爸的声音压得很低。

这时候，家门口有人路过，吸了吸鼻子，就与父亲打招呼："哈哈，你们家有油荤啊。"爸爸知道，这种情况下，千万不能装大方，邀请别人来吃饭，一旦随口说上一句客套话，对方肯定会欣然接受。所以，爸爸依旧挥斧劈柴，嘿哧，嘿哧，没搭对方的话茬。对方伸长了脖子，眼光伸进屋内扫了一圈，见主人家默不作声，有些不舍地走了。又有人过路，接连几个，情况也一样。

“妈妈，我饿死了……”小男孩说。

“再等等。”妈妈应答说，目光转向了门外。

这一等，雪就下来了，而且越下越大。小男孩的爸爸把劈好的木柴搬进家里，在灶台的角落，耐心地将其堆成塔状的两堆，心里想着这应该够过冬用了吧。他站起身来，喊了一声儿子的名字，把一根长长的松节递给儿子。两双手碰了一下，都是黑黝黝的，手背上均开裂了，有的裂口还沾着血丝。

“把它点燃了，可以上厕所时照明，也可以读书。”爸爸说话的时候，素来紧绷着的脸上奇迹般地出现了一丝笑容，语气里夹杂着一丝得意，就好像送给了儿子一件什么宝贝似的。小男孩九岁了，心里想得到的可不是松节，这种松节他有很多根了，有的用了，没有用过的全放在床边的一个纸盒子里。村里有几个小伙伴都有手电筒，他其实最想有一支，但一直没敢开口。所以，从爸爸手上接过这根松节，他并不太珍视，转过身去，凑在豆粒似的煤油灯上，就把它点燃了。屋子一下子比刚才亮堂了许多。

屋子是典型的滇东北乡下的土坯房，上下两层，门后一副木楼梯通向楼上，楼枕和铺在楼面的竹条子，看上去都被烟火熏得黑漆漆的，挂满了尘灰吊子和各种杂屑。靠门洞的那堵墙有几处炸裂了，裂缝里钉了粗大的几个木楔子，挂满犁铧、板锄和镰刀等农具。从门里进来的右手边，是灶台和石水缸，左边是火塘和吃饭的地方。正堂那堵墙，左右各有一个门洞，一个通向爸爸妈妈的卧室，一个则通向猪圈。两个门洞间的墙体下面，摆着一张比小男孩还高的松木供桌。供桌上方悬挂着领袖的画像，桌面上的东西很多、很杂，有装着各种不同液体的乌黑的玻璃瓶，有铁凿子、墨斗、推刨、钉锤、斧头，还有几本小男孩破破烂烂的旧书。供桌有几个抽屉，同时也充作橱柜。从供桌到大门，地面上坑坑洼洼的，纸片、草茎、布团和菜叶到处都是。看得出村庄所在的地方垃圾严重过剩，人们的卫生习惯没有养成，而且小男孩的妈妈也无心于此。

小男孩拿着点亮的松节，走到饭桌边，眼睛直勾勾地盯着快要冷掉的饭菜。火塘边上坐着纳鞋底的妈妈抬头望了望他，又把头转向爸爸。

“要不让孩子先吃饭吧。”妈妈的语气平静而消极。

爸爸已经走到大门边，换上了牛皮鞋，准备出门，掉转紧绷着的脸，对小男孩说：“你就先吃吧，我出去看看，这人怎么还不来。”他打开木门，一阵北风就把雪花吹进屋子来了，也把小男孩手上的松节吹灭了。

小男孩很懂事，盛了一碗饭，分别夹了些豆腐和荠菜，坐到火塘边狼吞虎咽地就吃了起来。

“多夹一点豆腐嘛。”妈妈说。

“算了，留给亲戚吃吧。”小男孩说话时，满嘴都是荠菜的清香。妈妈放下鞋底，伸手把荠菜豆腐端过来，让儿子多夹一些。小男孩眼睛里闪着欣喜的光，但还是摇了摇头。

“我今天上课时，就想得淌口水了。妈妈，如果天天能吃上一点儿，那就太安逸了。”小男孩的头快伸到碗里去了，他的话仿佛是从碗底传出来的。

妈妈叹了口气，把荠菜豆腐重新放回桌子上，又开始低头纳鞋底。麻线穿过鞋底的声音，压住了小男孩吃饭的咀嚼声。

两碗饭下肚，小男孩告诉妈妈，他想出去玩一会儿，如果找得到小伙伴，就打打雪仗。妈妈心里想着什么，就只是嗯了一声，小男孩迅速就出了门，走进灰白色的雪夜里。

二

又是雪。小男孩刚出门，妈妈放下了手里的鞋底，站起身来，开了门，也走到屋子外边，站在了雪地上。雪花没有记仇，很快就落白了她的头发和衣衫。九年前，也是这样的一个雪夜。一部公安局的吉普车东倒西歪地开进村庄，还没停稳，上面跳下来的三位年轻战士，六只充满了劲儿的大脚，踢得一地的雪尘纷飞，急冲冲地就扑向了妈妈的家。他们没有拍门，直接破门而入，其中一个，抬起手上拿着的手铐，指着正在火塘边烤火的妈妈的相好，你是某某吗？妈妈的相好当时正在与妈妈作别，一脸的泪水，点了点头，主动就把双手抬平了，让那人咔嚓一声把手铐铐上。那时候的妈妈还没人叫她妈妈，她还是一个清洁的少女，小男孩刚刚在少女的肚子里萌芽。

相好被押上吉普车之前，头一直扭回来，望着妈妈，没有说话。妈妈也没有说话，站在门口的雪地上，浑身抖得厉害，吉普车开走了，才蹲到雪地上，继而坐到了雪地上，双手抓一把雪捏在手心里，哇的一声哭了起来。

事情发生在前天夜里，天快亮的时候。村庄里的队长老爷驾着牛车，准备早早地去昭通城拉化肥。队长老爷穿着一件绿色的军大衣，戴着棉帽，嘴巴上叼着一支金沙江牌香烟，刚把牛车赶上村边的河堤路，熹光与雪光之中，远远地就看见路上蹲着五个幽灵似的人。那时候的河堤两边全是又粗又高的白杨树，枝条上的积雪一坨一坨地往下掉着。五个幽灵也看见了队长老爷，缓缓地站了起来，双手抱在胸前，待队长老爷和他的牛车行至面前，他们从怀里分别抽出钉锤和木棒，几分钟时间，就把队长老爷打死了。最后，他们把队长老爷的尸体扔在牛车上，拍了几下牛屁股，牛车继续朝着昭通城的方向慢慢驶去。

这五个幽灵一样的人中，有一个就是妈妈的相好。另外四个，有两个是妈妈的堂哥，有两个是相好的朋友。他们之所以制造了这起后来震动昭通县的凶杀案，原因非常简单：队长老爷借分工的权力，把美得像野山茶花但又不谙世事的妈妈分了去生产队的保管室做保管员，并找空子，在粮种堆上多次占有了妈妈。只有十七岁的妈妈，怀上了身孕。

天大亮之后，那辆牛车行至邻近的一个村庄，人们看见牛车上的人，一动不动，身上堆了厚厚一层雪，担心这人睡着了会被冻死，拉住牛鼻子，让车停下。一喊，没有动静，伸手去摸，发现这人已经死了，脑袋被打开了花，贴着身体的那一层雪全是红彤彤的。

五个行凶者，其他四个都跑了，后来当然也被缉拿归案。妈妈的相好没跑，他对妈妈说：“跑也是跑不脱的，还不如陪一下你。”

相好被抓走后，很快就判了刑。宣判大会那天，五个杀人犯脖子上吊着写了大红色罪名的木牌，站在卡车车厢里被押着游街，妈妈挤在人山人海的观众中，哭得一塌糊涂。相好几次想抬头看一看人群中能不能找到她，都被身后的战士伸手把他的头按下去了。

妈妈在相好入狱后一个月，就嫁给了爸爸。爸爸与相好曾经在一个水库工地上卖过命，是旁边村庄里的人，与妈妈结婚，其中仿佛带了某种特殊的使命前来倒插门。结婚几个月后，小男孩出生了。村庄里有人把小男孩视为一个恶灵，特别是队长老爷家族里的那些孩子，经常把小男孩揍得鼻青脸肿。

三

小男孩回家时，看见妈妈站在门前的雪地上，身上积了雪，特别是头上，像顶着一团棉花。

“妈妈，你像个雪人。”小男孩脸上红扑扑的，“你是在等我吗？”

“是啊。”妈妈一愣，但还是很快地回过神来，问小男孩，“儿子，他们没打你吧？”

“没有，没有，今晚一起打雪仗的，都是我的同学，嘿嘿。”小男孩对着妈妈扮了个鬼脸，伸出了舌头，吐出了一团白雾。

进了屋，看见桌子上的饭菜还没动，爸爸也不在，小男孩的笑脸随即不在了：“妈妈，那个亲戚还没到啊？爸爸不是说去接他了吗？”

妈妈用毛巾擦干净身上的雪，又把小男孩拉过来贴着胸口，把他头上的雪和额上的汗水也擦了。小男孩顺势抱住了妈妈，把脸贴在妈妈的乳房之间：“妈妈，其实，今晚又有人在雪团里包了石头打我，幸好只是打在了屁股上。”妈妈一脸惊愕，弯下腰就要脱小男孩的裤子。“让妈妈看看……”

“没打痛，没打痛。”小男孩说着，拉开妈妈的手，闪身到了灶台边。又说：“他们这么久还不来，饭菜都凉了，我给你热一下，你先吃吧！”说着就往灶膛里投柴。

“妈妈不饿。还是再等一下他们。这样吧，明早还要上学，儿子，你先上楼睡觉去吧。”妈妈说着，坐到火塘边，又纳起了鞋底来。

土坯房的墙壁，最大的问题就是总有很多裂缝，春夏秋三季还好，到了冬天，冷风就会从裂缝中吹进屋来。小男孩没有床，楼板上铺厚厚一层稻草，稻草上再铺一张草编的席子，席子上一床布毯和一床被褥，就是他睡觉的地方。他衣服没脱就钻了进去，墙缝里吹进来的风，把楼上的杂物吹得噼啪乱响。这时候，他才伸手去摸胸口和背上被人用石头打中的地方，发现有一处已经肿起来了。疼自然是很疼，但他已经习惯了疼。平时，只要没有太大的伤口，他被人打得再厉害，也从不让爸爸妈妈知道，即便爸爸妈妈知道了，他也会装出没事的样子。懂事以来，爸爸和妈妈从来没有跟他说过半句关于他身世的话，可听人咒骂多了，他大概已经知道自己总是被人打骂的原因。有一次，放学路上，他被队长老爷家的两个儿子拦住，他们把他拖到秋天的玉米地里，逼着他跪下，吃他们拉出来的屎。小男孩死死咬紧牙关，抿住双唇，怎么也不配合，结果他们抓住他的头发，打旋子，让他转晕了，最后才把他的脸按在了屎堆上，弄得一脸都是屎。还嫌不够，他们又把些屎抹在了他的衣服和裤子上。两个恶童走后，他才找了个池塘，洗了身体，又洗了衣服。一身湿漉漉地回家，他也只是对妈妈说，他不小心掉在了水沟里。他觉得自己遭受的是天灾。当然，也有过几回，他想问一下妈妈，为什么那两个恶童总是说，是他和妈妈害死了他们的爸爸，但每一次憋红了脸，看着妈妈阴沉的脸，到了舌头上的话，都跑回了肚子里。爸爸妈妈对他很好，甚至比其他人家的爸爸妈妈对自己的孩子还好。别人家的爸爸妈妈因为什么事，有理无理，常常把孩子往死里打，村庄里到处都是伤痕累累的孩子，可他的爸爸妈妈从来没打过他，也很少骂他。但他发现，爸爸妈妈似乎一直都不开心，家里总是死气沉沉的。有的人家，不仅打孩子下狠手，夫妻间因为钱啊吃饭啊也会大打出手，但碰上什么过年过节之类，人家又会一家人高兴得敲锣打鼓放鞭炮，想尽一切办法捕鱼买酒大吃大喝，自己家里则不一样，没有喜事儿，也没有呼天抢地的伤心事，笑脸很少，哭脸也不多，爸爸和妈妈对吃和穿都没什么兴趣，家里凌乱得插不进脚，也不会太在意。就像今晚这样，说是有亲戚要来，一个荠菜煮豆腐就是一年中难遇的好菜了，就足以让小男孩嘴巴淌水水了。而且没有酒。

被褥冰凉，得由小男孩的体温慢慢焐热。墙缝里吹来的风，不时又扫过小男孩的脸，小男孩干脆连头也缩进了被褥里。就是这时，小男孩听见，家门打开了，爸爸进了屋，啪啪啪地跺脚，似乎想把牛皮鞋上的雪抖干净。心里好奇，想知道家里来的是什么亲戚，小男孩把头又伸到了被褥外面。

“他回来了，但不来我们家，一个人在他家火塘边喝闷酒。问还来不来我们家，他说过几天再说。”爸爸的声音谈不上失落，闷声闷气的。

足足有两分钟没有人说话，家里静谧得像冰封住了似的。屋外的风雪声倒是很大。

“月初他的来信上，他不是说，出来了就直接来我们家吗？”很久后，才有了母亲低沉的声音。这声音仿佛不是向外发出，而是一说就开始内收。

爸爸没有回应妈妈。他们热了饭菜，一声不吭地吃了起来。小男孩觉得那个说要来又不来了的亲戚，要在几天后才有可能来，这意味着还可以吃荠菜煮豆腐，他心里升起一丝喜悦，双手捂着胸口上肿起来的地方，恍恍惚惚地睡着了。

四

接连几天，雪一直时断时续地下着。村庄旁的河流，河堤两边蓄了水的稻田，都结了冰。小男孩照例每天都去上学，有时，看见其他孩子三五一群走在河堤或土路上，只要有队长老爷那两个比他大了几岁的儿子夹杂在里面，他就下到河里或稻田里，咔嚓咔嚓，踩着冰面一个人去学校或者回家。冰面比积雪的路面更容易打滑，他的鞋子又不合脚，一再地摔跤。每摔一次，都会引来其他孩子的嘲笑。嘲笑的次数多了，有时摔倒了，他就不立即爬起来，而是卧在冰面上，边抹眼泪边望着冰面上寂然站着的一只只白鹭出神。冰层封住了水面和泥土，这些白鹭用什么东西填饱肚子呢？它们为什么不飞走？为什么总是伸着细长的脖子静静地望着某个方向？

每天清晨，出门前，小男孩都会望一眼正在生火或者煮猪食的妈妈，希望妈妈喊住他，告诉他放学后早一点回家。大雪把荒地遮住了，不能挖荠菜了，他觉得妈妈会叫他去家里的自留地里挖菠菜。每一次，妈妈都没有喊他。以前，每天出门，妈妈还会交代一下，注意安全啊，听老师的话啊，别与人打架啊，这几天全省略了，感觉妈妈的心思一点儿也没在他身上。至于爸爸，每天出门或者回到家里，他更是见不到人影子了。几乎接连的几个晚上，都是他钻进被窝后，甚至已经睡着了，爸爸才会一脚踢开大门，带着一身积雪倒进家里来，大声嚷嚷着什么，说出来的话一句也听不清楚，明显是喝醉酒了。妈妈去扶他，倒水给他喝，他扬手就把装水的土碗打掉到地上。那土碗粉碎的声音，在死寂的夜里，既突然，又刺耳，让小男孩本来就毫无安全感的心里，感觉到有什么东西也在跟着破碎，并为之愈发的恐惧，无助。

说好要来的亲戚终于没有来。

相反，有一天放学回到家，小男孩的书包还没有放下，妈妈头发凌乱，面色苍白如蜡，一把就将他揽到了怀里，双手的十个指头鹰爪一样箍在他的背上，指甲快陷进他的肉里去了。同时妈妈的眼泪，不间断地流到了他的头发里。

妈妈的声音仿佛来自另一个世界，她告诉小男孩，爸爸走了。国家在大山里修一条从云南通往四川的公路，爸爸修公路去了，要很多年后才会回来。“很多年”是什么概念，意味着什么，小男孩不是太清楚，只是预感到，爸爸有可能再也不会回来了。他的双手同样抱紧了妈妈，瑟缩在妈妈怀里，像妈妈那样没节制地哭了起来。

灰色的鲜花

一、大风

大风从天上吹了过来。在将乌云吹至人们头顶之上时，它自己还在地面上扫荡。我们听见了屋顶上的瓦片落地破碎的声音，还看见了某户人家忘记收起来的晒在麻绳上的衣衫被吹到了空中。它带来各种各样的声响，也着迷于将各种各样的东西从此地移至彼地。

一个老人，缺少逆风行走的力量，又担心顺风而行会被大风吹走。他非常奇怪地认为他应该爬到一棵大树上去躲避风的袭击，而且也果然很费劲地爬上了河堤边的一棵小枣树上。在他爬树的时候，大风有很多次几乎将他吹离了树干，其中一次还是因为枣树的一根枝条伸进了他的衣衫，牢牢地将他挂在了树上。然而，这种侥幸最终还是停止了重复。他也发现爬到树上来躲避大风是多么愚蠢，因为当他爬至树冠，枣树在风中摇摆的幅度更加巨大，他发出一连串“啊”的叫声后，既是被风吹落，也是被枣树抛弃，从枣树上飞落到了河水之中。

幸运的是，这个老人没有落在坚硬的河堤上。河堤是用一块块石头筑起来的，只要他落在上面，不管是头颅和胸膛着地，还是四肢和后背着地，我们都可以想象得出来，死神肯定就在那儿恭候着他。而且，他的死相也一定会惨不忍睹，完全可能出现任何一种肉身从高空落地时的惨象，头颅炸开，四肢断折，七窍流血，腑脏破裂，乃至浑身的骨头碎断……缺乏避险经验所导致的极端之死，根本来不及成为他忏悔书里的一页，他已经失去了阅读和领会的机遇。

是的，大风是如此的猛烈，从枣树上飞落下来，这个老人落入了河水中，并没有落在河堤上。假如他落在了河堤上，我们不妨再设想一下，那些同样被大风吹得东倒西歪的人，他们会有怎样的表现？哦，一双双被风吹得睁不开的眼睛，隐隐约约看见一个老人从枣树上飘了下来，谁会战胜大风的阻力冲上去，把他接住并被他击倒在地？谁又会因为迟到了一步，目睹着老人重重地砸在自己面前，因为看见一个老人之死而在大风里痛哭不止？最大的可能性则是任何人都没有看见老人从枣树上飞坠，大风过去后，人们才发现枣树底下的河堤上躺着一个死去很久的老人，谁也不相信他是从枣树上掉下来摔死的。当然，也还存在着这样一种可能，离开枣树之后，这位老人被大风吹到了空中，没有人知道他会在什么地方、什么年代，突然因为这一场大风的停息而落回地面。在那漫长的飞行过程中，只有老天爷才知道，他是活着还是死了。

我们遇到的真实事件是，这位老人从枣树上飞坠入河流，他几乎没受到任何伤害，轻易地就游到了河岸边，并用双手死死抓住了河岸上的两根古藤，惊恐地看着还在剧烈摇摆的枣树，为自己的幸存而倍感幸运。待大风过后，这才湿漉漉地爬上河堤，朝着自己几公里之外的故乡走去。

二、大海来人

二〇一三年秋天的一个晚上，月亮照耀着大海，海面比拥有着月亮的天空更像光芒的主人。这时候，有一条渔船从光芒之中缓缓划向陆地，划船的人并非渔民，而是一个年轻的梦想家。

在海边渔村的一本记事簿里，一九四八年秋天的一个晚上，也就是六十五年前，一场海水全被染红的海战之后，也有一位年轻人从明晃晃的月光中划船至此。这个年轻人没有踏上陆地，人们把手伸向他，向他的小船抛去食物，他都一直摇头。直到人们问起大海深处战役的消息，他才喃喃自语："我根本就没有听见枪炮的声音，也没有看见人们跳进大海捉对厮杀，真的没有，没有。我只知道，对峙的双方，几十万人，人人都听见了大海的波涛底下，有一个温暖的声音在呼喊自己的名字，人们便扔了枪，丢弃了战舰，扑通，扑通，纷纷跳入了大海，没有一个人再从大海下面将头颅伸至海面之上……"记事簿里说，这个年轻人后来把船点燃了，划着一团冲天的火焰，又重新向着大海驶去。

渔村里仅剩的老渔夫认为，这个梦想家有可能就是当年焚舟而去的那位年轻人，他回来了。有所不同，在光明之海，梦想家把船划至岸边，将其优雅地系在了一棵水柳上。海水如牛奶翻卷，上面漂浮着一层层秋天的花朵，他把它们一一捞起，小心翼翼地摆放在船头，然后才轻身跃至陆地。

一个九死一生的老渔夫，怀里抱着一块残破的橹片（像抱着他自己的一根枯骨），早已坐在海边教堂一样高耸的礁石上，恭候着他。这种人世间虚高而又结实的仪式，梦想家在心里无比的重视，但他并不想接受任何有着审问性质的探究。所以，当老渔夫开口问他："年轻人，我在这儿等了你六十五年，你去了哪儿？"他连脸庞都没有侧向老人，一声不吭，迅速地从礁石下走过。让他倍感意外，老渔夫对他所表现出来的冷漠不以为意，不仅没有从礁石上走下来，继续追问他，而是一动不动地坐在礁石上，继续平望着月光下的大海。梦想家也的确是失察了，他根本不知道，在老渔夫的眼里，他只是来自大海的众多陌生人中的一个。老渔夫坐在那儿，这么问过："年轻人，我在这儿等了你三年，你去了哪儿？"还问过："年轻人，我在这儿等了你三十年，你去了哪儿？"而且无论是三年还是三十年，都不知问过多少人。六十五年之后，从大海上来的人，也不仅仅梦想家一个，当然只有梦想家如此的冷漠、无礼。老渔夫之所以觉得梦想家会是六十五年前的那个年轻人，只是因为他觉得自己快要死了，不能再等了。等不动了。

是的，一九四八年秋天，那个炮声隆隆的夜晚之后，海面上并不像焚舟人所言，没有一颗人头钻出海面，似乎所有与战争相关的人都被大海藏起来了，一点蛛丝马迹也没有给世界留下。人们都看见了，海面上的确没有人头，可是，从深海里漂来了无边无际的布满了弹洞的衣服，渔村里的人倾巢出动，日夜不停地打捞，又日夜不停地在海边的山丘上建衣冠冢，足足花掉了一年多的时间。

年轻的梦想家此行的目的，源于他读过一份资料。资料说，某次海战，敌对双方均全军覆没了。奇怪的是，所有死者的尸体一一消失，只有衣服被海浪送到了岸边。而海岸上的渔民把这些衣服打捞上来之后，没有为阵亡者修建衣冠冢，而是穿上这些衣服组成了两支敌对的军队，继续在大海上互相厮杀。资料的写作者词藻华丽、迷人，其中一句："这两支穿着血衣的军队，划着幽灵船，总是在月光下的大海深处出没……"为此，当梦想家去到渔村，发现渔村空无一人，又返回海边，坐在老渔夫身边时，忍不住开口就问："那些闪光的幽灵船，它们平时停泊在什么地方？"老渔夫没有说话，用手指了指大海。哦，大海，月光之下，堆满了白银和白骨，也开满了灰色的鲜花。

三、鬼血

基诺山上，人鬼神分家之后，各个群体分别住在了互相约定的地方，彼此相安无事。因为人住的人间、鬼在的鬼国和神居的天堂，都是可以精确指认的具体的山丘或雨林。二〇〇六年我突发奇想，决定从人间所在的杰卓老寨步行前往神居的孔明山，并穿过中间横亘着的鬼魂游荡的茫茫雨林。这当然可以被视为一次非常富有象征意义的旅行，从人间前往天堂，一直是人类古老而又永恒的梦想。可就在出发之前，一个北京老太太找到了我，她劝我放弃这一次旅行。老太太年轻时是北京知青，从橄榄坝农场返京之后，觉得北京城并不是自己寄托一生的地方，遂重返西双版纳，一生执迷于山地民族神秘的原生宗教，据说可以为所有的鬼魂超度，她的目光，可以看到任何一个地方隐藏的鬼魂。她告诉我，在我此行的一个岔路口上，一直有一对来自贵州水城的父女的鬼魂在徘徊，如果我经过那儿，他们就会借我的身体从那儿走出来，并指望我某一天将他们送回贵州水城去。问题的严重性在于，假如我不去贵州水城，他们就会一直借用我的肉身，令我不得安宁。经老太太这么一说，一种陌生的恐惧很快就遍布了我的整个思维系统，特别是当她对我说："我知道你是一个诗人，有着无知道士的疯狂，可你能够领会一对孤魂野鬼孤悬山野几十年而又急于返乡所能迸发出来的疯狂吗？你的疯狂难以镇住他们的疯狂。"我便对这次旅行开始了动摇，总觉得自己没有必要因为一次象征之旅而让厉鬼附身，即便这世上没有厉鬼，也不能让自己觉得自己身上存在着厉鬼。然而，就在看着我马上就要做出取消旅行的瞬间，老太太笑了起来，她告诉我，她之所以来找我，就是想告诉我这条路因为其象征意义而遍布风险，可作为一个诗人，必须去走一次，那对贵州水城父女的鬼魂，已经被她请人带走了，令鬼魂让路，是她的秘技。那一次步行是我一生中最为重要的旅行，在实相、幻术和信仰之间，我确信自己发现了一座精神富矿。可有关鬼魂的话题，却没有因为这位北京老太太的施救而结束。从孔明山也就是基诺人的天堂"司杰卓密"返回西双版纳傣族自治州首府景洪，我入住在澜沧江边的某座旅馆。当天晚上，我的一个布朗族兄弟带着几瓶啤酒前来探望我。他进了房间，先把酒放下，然后就给了我一个拥抱。可就在抱住我的时候，他突然将我推开，挂满笑容的脸变得冷峻甚至狰狞，目光像两束剑影一样在房间里扫视。接下来，他脱光了上衣，肃立，口中念念有词，猛地大喊了几声，在房里打起了一种非常奇崛、刚猛的拳脚。他腾挪，扑击，将整个房间的每一个角落都扫荡了一遍，然后才喘吁吁地告诉我，我的房间里有四个鬼，但被他打走了。后来，我很认真地问过这位布朗族兄弟，那房间真的有四个鬼？他给了肯定的回答。问我："你没发现第二天早上枕头毛巾上有很多鲜血？而你身上没有任何伤口。"是的，第二天早上起床时，我的确发现毛巾上有斑斑点点的血迹。这血迹是怎么产生的？我问过他几次，他都说是鬼的血。

天国上空的月亮

一

母亲对我说："门前的这条河流，很多年没有人跳水自杀了！"这条河流已经不能称之为河流了，它不流动，听不到水声，即使某一天下游拦河大坝上的闸门打开，它也是块河流形状板结了的奇怪的物体，被一种邪门的力量推动着向下移动。这些板结了的水，由形形色色的原料组成，有农耕时代的死畜、玉米秆和稻草，也有充满现代性的塑料泡沫、塑料袋子、牙刷、避孕套、塑料模特等等，如果你戴着防毒面具，决心对这些东西进行更准确的细分，里面还有超现实主义、魔幻现实主义、象征主义、野兽派、存在主义和革命的浪漫的现实主义的边角废料。它们彼此之间没有距离感，互不排斥，死死地抱在一起，尽力地挤出体内的水分，将流动感和声音，将浪花和波涛彻底扼杀。

河面上生长着疯狂的恶之花和恶之草，如果中午的太阳足够毒烈，那恶的灰色气泡就会为人们奉上浩浩荡荡的恶心的气味，以及永无宁日的眩晕。死亡是体面的，自杀有着殉道般的尊严与圣洁，谁会一头栽到这河水中去？所谓流动的墓碑，所谓让流水把灵魂送抵大海，我现在看到的这条河流，已经担负不了如此神圣的使命。

母亲在这条河边生活了七十年，她能回忆起一长串投河自尽的人的名字，当然也能说出这些注定要从舍身崖上往下跳的人，他们轻生重死的缘由。母亲说，现在，河的两岸仍然有很多走投无路的人，但他们都选择了喝农药、上吊、用刀抹脖子或吃安眠药。有些心思复杂的人，则在决心赴死之前，进城去打工，或从高楼大厦的脚手架上往下跳，或让电把自己触死，也有人故意骑着摩托去撞汽车，目的都是在死之前，给儿子挣一笔赔偿金……在母亲见识过的死亡中，最让她接受不了的是我的一个表弟。这个表弟的妻子不堪生活的重累，悄悄地离家出走了，把四个嗷嗷待哺的儿女扔给了他。表弟天生无能却又阴邪无比，他自忖自己也养不活这个家，又没勇气自杀，提上一把菜刀便去杀人。他杀人的目的是为了让法律将他杀死。他砍死了一个孕妇，自己也被判了死刑，被枪毙在一片荒坡上，由于其一刀两命，罪孽深重，他的父母也羞于去收尸。

死亡，特别是人们自己主动选择的死亡，正以不同的形式，赋予死亡难以逆转的残暴乃至卑劣的多向性。死亡堕落了，多少死亡已经配不上人世间的安魂曲，多少死亡陷入了对死亡本身进行控诉和羞辱的循环圈。唯一的例外，十多年来，在这条河流的两岸，人们持守了决不死在河流之中的底线。

二

在猪厩里，他度过了自己的暮年

但他没死在猪厩里

他死在了比猪厩

更加肮脏的地方

死的时候，他看见了天国上空
冷冰冰的月亮，没有看见
他的五个儿子
月亮知道他有五个儿子
还知道这五个儿子
在五座城市的出租房里睡得正香
他奢望儿子们
会在梦中惊醒
他只求这轮天国上空的月亮
在他死后，把闪着寒光的白布
盖在他的尸体上

现在，我们的身边每天都在发生着只有神话中才有的大悲或大喜，神性没有唤醒人性，悲剧总是拔地而起，喜剧也从不需要铺垫，生活的每个点上、面上和每一条线上，处处都是悬崖或无底洞。这个死在短诗中的老人，现实生活中，他是我童年和少年生活中的邻居，名叫吴龙生，一个远近闻名的木匠。在听到他的死讯时，我正坐在由宁波开往上海的高速列车上，手上捧着一本诺曼·马内阿的书《在我离去之前结清我的账目——索尔·贝娄访谈录》，并且刚好读到两人关于卡夫卡《变形记》中关于大屠杀的对话那一页。

诺曼·马内阿："我们所有人都被自然判处了死刑，但在故事中，在集中营，你以一种非常人工的方式，残忍地早早死去。这种方式出现在了那个故事中，而它与法国人所谓的'宇宙集中营'有着深切的关联。"

索尔·贝娄："哦，乔治失去了自己人的属性，变成了一个物体，一个可以被扫进簸箕的物体……是的，我总在想这些问题。我们都在想，我猜，而没有得出任何答案……唯一的解决之道似乎是快乐地死去，或是在快乐的时刻死去，这样你就能够逃避这种人人都会毁灭的残酷性。我不明白，既然死亡普遍存在，我们为什么要如此煞费苦心地对待它。它会发生在所有生物身上，那些知道死亡和那些永远也不知道死亡的生物。有时我认为上帝给予动物的最大礼物是：不去想象死亡。它们不去想它，它们不跟它论理，除非是在凭借其本能逃离危险时。但是，当我看到我的猫在窗外舒展开身子晒太阳时，我嫉妒它。我对自己说：它不会被死亡之思所萦绕。

这是些只会给人类带来不幸的想法。”

吴龙生的死讯，是吴龙生的小儿子以手机短信发给我的，还告诉了我吴龙生葬礼的时间，希望我抽空回老家一趟云云。我当然没有回复他的短信，他在父亲没有“死亡之思”的死亡发生之后才现身，而且摇身一变，做了“孝子”，这是对人伦和死亡的公然挑衅。索尔·贝娄还说过一句话：“过去的人死在亲人怀里，现在的人死在高速公路上。”他没有过去，失去了获取过去的可能性，而他的父亲也以自己的死告诉了他，父亲没有死在亲人的怀里，而他以及他的四个哥哥，已经死在高速公路上，死亡由肉体的消失普遍上升为灵魂的灭绝。所谓父亲的葬礼，也已经沦为宣布吴龙生死亡的仪式，一种恐怖的戏谑必然会在葬礼上，与五个儿子如释重负的心态汇合在一起，继而形成一出荒诞剧的中心思想。谁都能够想象，一个被遗弃的父亲，当他自行了断了生的历程，世界出现了短暂的鸦雀无声，可随后又多出来一场试图逃脱道义审判的隆重葬礼，这场葬礼肯定是可疑的，反常的。我们只能将这场葬礼当成那五个儿子，在上帝面前仓促写出的一篇命题作文，也可以说是五个儿子在替自己收尸之前，仓促拍摄的一部送交上帝审查的微电影，哭声、经幡、纸钱、长明灯、遗像、挽联、花圈、度亡经、送葬队伍，以及不朽的墓碑，都失去了自己的属性，纯粹是人工意义上的速朽的一次性道具。

高速列车停泊在杭州站的时候，我违禁地走到站台上去抽烟，一个年轻的江南男人过来向我借火，随口问我："先生要去哪儿？"我说上海，他说他也是上海。他伸手来接我递给他的打火机的一瞬，我看见他的手背上有个文身，图案是一具骷髅。我顿时觉得向我借火的人，他在死神手下当差。本来要收回的打火机，我告诉他："送给你了！"他收下了没有说谢谢，显然没有把打火机当成纪念品。我回到车厢里，他还在站台上抽烟，当他返回车厢之前，我看见他把打火机丢到了垃圾箱里。他与我不是一节车厢。

三

吴龙生是投河自尽的。投河之前，他把身上的衣服全部脱了，放在他住的猪厩的土墙上，赤身裸体地来到河边上。那时候是午夜，所有住在河流两岸的人都睡了，只有天上的那轮月亮，照着他的白发和同样苍白而骨锋奇崛的身体。他像一个灵魂和肉体双重的无政府主义者，有些费劲地拖着自己的影子，一点也不害臊，更没有羞耻感。按说，从村庄里经过时，他会有驻足和张望，每一户人家里，都有他做的灵牌、衣柜、供桌、床、饭桌、凳子、门窗和棺木，甚至很多房屋的屋梁、楼枕和柱子都是他一斧一斧地劈出来，又用刨子弄光滑，再用桐油和土漆刷得油光可鉴的。特别是棺木，外行人不知道，就那么六板厚木头，以为只要能将其按尺寸组装得严丝合缝就可以了，殊不知，它才是考量一个木匠德艺的试金石。这六块厚木，把尺寸弄对了并不难，难在每个局部都得有统一的贯通始终的庄严和大气的法度，难在如何才能将六块木头变成可以拆开又浑然一体的一个小世界，难在木匠们必须给死者提供一个好的尽头。它不能用铁钉，也不开槽，有限的几个楔头必须妙到毫巅，只要哪个细节多推了一刨子，或少了一平斧，凸凹于发丝之间，就免不了漏风，甚至压不紧，严重的则可能导致六块厚木仍然是个体，没有变成棺木。漆水问题，常常也是阻碍一个木匠是否能成为好木匠的鬼门关，而棺木的漆水尤其如此。在工业油漆已经横行天下的年代，唯有棺木，人们仍然只选择土漆。从漆树的选择、采漆的时间、熬制、配伍到上漆，整个程序中，处处都要功力和经验。再好的木材做棺木，埋到土中都难免腐朽，但只要漆水好，上了一层漆，又上一层，直至漆水在棺木外形成厚达数毫米的保护层，遇水挡水，常年的湿气难以浸入，那么，木质稍差的棺木也可确保百年乃至千年不腐。漆水的好坏还体现在外观上，好的漆水，蒙尘百年，毛巾和红布一擦，仍然可以做镜子。多少百年夫妻或少年怨偶，一方离世，另一方扶棺拭泪，用衣袖不断地擦拭棺木，目的也就是想从先亡者的棺木里看见自己，或把自己也移至棺木中，随之同行。不好的漆水，则是浑浊的，没有光泽，也做不了镜子，让棺木成不了阴阳两界通灵的载体。

在吴龙生还能挥斧拉锯的时候，这个村庄里棺木几乎全部出自他的手上。从普通的一桌一凳，到灵位再到建房起屋，直到棺木，吴龙生安顿了人们日常的栖居器物，也给了人们生命尽头上的一座座小宫殿。那些年，即使饥馑、灾荒、人祸不断，手上的技艺和背上的工具箱，都能保证吴龙生及其家人过上相对殷实的生活。他在替人做活计时，自然少不了大酒大肉，再不堪，也有豆花和米饭。不给人做活计的空闲日子，他背着手，吸着机制香烟，往村庄里一走，正在吃饭的叫他吃饭，正在喝茶的马上给他上茶。有人从衣服袋子里找出半包皱麻麻的烟，在给他递上之前，还得拉伸展了，这才小心翼翼地递上，见他含到嘴上了，还得毕恭毕敬地把火点燃。附近的村庄也常常有人来找他帮忙，他工具箱一背，就跟着人走了。十天半月后回来，也有人在背后跟着，或背着一只火腿，或挑着一担大米。也有人直接给钱，他装在贴身的牛皮烟盒里。回到村庄，碰到某人，把烟盒拿出来，表面上是给人发烟，意思则是在炫耀。有些年头，我家顿顿土豆白菜，他家仍然白米饭红烧肉，他的儿子们吃饭时都喜欢端着碗，在村庄里乱窜，那一坨坨红烧肉，惹出了我的多少口水。让我最羡慕的是，春节时候，我们能得到的压岁钱，顶多也就两角，他的几个儿子年年都有十块钱，真的是巨款了。稍有不同的是，我的两角钱，一般都买了连环画，他的儿子们的十元钱，大多在乡村锱铢必究和小奸小猾的赌博游戏中输得精光。让我的父母也大为不解，吴龙生对此从来不恼，没听他对着儿子们咆哮过一次。同样，当几个儿子后来纷纷做了学校的人渣和逃兵，他也不动怒，似乎他心里早就想明白了，五个顽劣的儿子就是自己的五个圣徒。作为一方幽闭的水土之上的木匠教主，他不相信世界在他闭眼之前未经他的同意，就会出现一种让自己没有立锥之地的宗教。令人唏嘘的是，当一个时代果然在很快的时间内，撤走笑脸，而将下流的屁股对着他时，他还以为这只是一个天生淫邪的寡妇在跟他开玩笑。在教主似的幻觉中，他没有发现，乡村的木器已经被塑料、纤维板和不锈钢器物取代了，火葬政策的推行，做棺木的行为也已经是一种秘密的地下活动。直到五个儿子断然拒绝跟在他屁股后面学习屠龙术，并抛下他纷纷去了东莞、深圳、温州、上海和北京，宁愿死在外面也不愿守在他身边，他才发现斧子、凿子、刨子、锯子和钻子全都生锈了，墨斗里早就没有墨汁了，工字尺，漆光闪闪的自制三角尺，钉锤，找了半天都没找到。儿子们离开了，也没人再来找他做木活，两者之间仿佛没有直接的联系，实际上它们是由同一个魔鬼所操纵的，只是他没有看见这个魔鬼，更不可能知道这个商品经济的狂魔才是真正的教主。

妻子活着时，吴龙生还有个依靠。妻子去世时，所用棺木是他的收山之作，但那棺木上，木漆的镜子没能带走他。而且，靠老邻居们的施舍，他比所有的老邻居生命更绵长。村庄曾发生过一次地震，死了不少人，他的房屋也倒塌了，搜救人员却听见了他从地下传出的呼救声。扒开废墟上的屋顶，他竟然从废墟底下自己走了出来，没受到半点的伤害。政府发放重建家园扶助金，他没有再建房，搬进矮小的猪厩，猪一样，活得静悄悄的。偶尔，他才拿出一点扶助金，颤颤巍巍地出去，买食品，也买上一条劣质香烟。村子里的老人死光了，年轻一辈大多数外出了，孩子们他都不认识，每走一次他都上气不接下气，像走在想象过多次的黄泉路上。

不过，死亡的问题，之前他也没考虑过投河自尽。照他的愿望，五个儿子，至少有一个会回来，他想有人接住他的最后一口气。两年前的春节，他去找了村子里外出打工回来过节的所有人，分别给儿子们带口信，希望他们能回来，把自己埋了。一个在东莞打工的人，还拨通了他二儿子的电话，他以为至少会有一个问候，想不到二儿子开口就问："你这老不死的，还没有死？"他卡住了，没吭声，把手机还给那人，出了门，走在布满积雪的回家路上，忍不住老泪纵横。他等了两年多时间，没有人回信，也没有人回来。终于不想等了，也不想给死亡一份体面和尊严，只想让不堪的死亡悄悄地把自己带走。

四

月亮看着吴龙生，射出的光，却又无力拉住一个断了生念的老人。他知道纵身一跃身体会浮在水面上，于是慢慢地走下河堤，一层一层地把水的皮沉重地撕开，待水面上出现了一个足够他身体穿过的窟窿，他使出最后一丝力量，一头就钻了进去。水面上没有出现所谓的涟漪和漩涡，河岸上也没有留下任何衣物之类的东西，作为死亡现场的证据。只有月光的安魂曲感动了月亮之神，将他的遗体打捞起来，托举在空中，洗干净了，超度了他的灵魂，这才把他放在河堤上，为他盖上了一层遮羞布。但在现实生活中，他没有接受月亮之神的恩赐，而是又挣扎着滚下了河堤，准备再次钻进那个水面的窟窿，河边的一棵白杨树拦住了他。

他终于没有再动一下，他的力量已经一点不剩地耗尽了。

泥丸

革命的浪漫主义盛行的时候，我跟着村子里一些衣衫褴褛的人，热气腾腾地推崇“五岭逶迤腾细浪，乌蒙磅礴走泥丸”这样的诗句，用其御寒充饥。奶奶去世时，我刚刚学会写毛笔字，之后，每当春节到了，父亲买回两张绿纸，要我写贴在门框上的祭联，这诗句也总是首选。其次才是“为有牺牲多壮志，敢教日月换新天”，或“听毛主席话，跟共产党走”。父亲不识字，但我写字的时候，他喜欢站在旁边盯着。他一盯，我就很郑重，一点也不敢敷衍乱来。首先，要把脏兮兮的饭桌端到堂屋中心，摇一摇，看是否哪一只脚悬空了，若悬空，就得找木块和瓦片垫实了。然后才把绿纸裁好，把臭烘烘的向阳墨汁倒上，眼瞅着绿纸谋篇布局，同时，右手把毛笔放在唇间用口水润着。当什么都准备停当，还要将目光投向门洞外灰蒙蒙的天空，若有所思一会儿，之后才将一双赤脚死死地蹬着地，呈马步状，继而吐纳、闭息，笔蘸饱墨，以千钧之势挥洒一支秃笔。写的过程中，穿堂风冷得要命，两溪鼻涕在唇鼻间挂着，但还是觉得自己心血翻滚，仿佛快要冲垮身体的堤岸了，小小的心灵则一飞冲天，去了九重霄，俯瞰世界如看一座村边的沙丘。写完了，放下笔，偏着头问父亲："怎么样？"父亲倒是没被那阵势吓着，只是觉得这种小身体里安装大马达的做法，令他有些不安、反胃。笑着说："他妈的，你太像小公狗日老母牛了，怎么整得这么费力！"说完，弄些面糊，左联右联不分，啪啪啪就贴到门框上去了。

地处乌蒙山腹地的昭通盛产褐煤。平展展的昭通坝子，村庄、良田和墓地，不管哪儿，只要把土盖子揭开，乌黑油亮的褐煤都会迅速露出，像露出黑夜的一角。但由于这埋在地下的深不可测的黑夜，除了可作燃料外，还能用来提炼汽油、煤油和焦油等，它的开采权便没有掌握在普通人手里，谁都不能乱动。我的记忆中，国家只在少数几个地点，以"国营"的方式开办了褐煤厂，挖出少量的煤，供老百姓煮饭和取暖。

我的父亲是欧家营专职赶牛车的人之一，秋天一来，为了抵御即将到来的寒冬，家家户户就会忙着囤积褐煤，整整一个秋天，他的任务就是帮人们到煤厂去拉煤。拉煤回来，大如磐石的那些，人们堆放在灶顶的楼上，烘干了主要用于煮饭；细碎的部分，加入观音土，浇水拌匀，牛踩或人踩，弄出黏性，用手拍成小南瓜一般大小的圆球，阳光晒干，称之为“煤炭巴巴”，用于火塘取暖。我跟着父亲去过几次一个名叫“红泥闸”的露天褐煤厂，那场景，今天想起，内心仍会突然出现一个巨型黑坑，用什么东西都难以填平。这个褐煤厂就开在田野上面，坐着牛车向它走去，刚才四周还是一望无边的稻田和玉米林，隔着一百米，眼前一黑，平坦的地面便硬生生地被抽走了一大块，下陷了，空掉了，而且这空掉的部分，没有露出常识性的红土、白石头和水，只有冷飕飕的黑颜色，阳光射进去，感觉就是什么人站在一朵乌云上，往夜幕里抛绣花针，很快就被没收了，一点反光都没有。到了黑坑边上，往下一望，嚯，我之前对土地的认识立马就被颠覆了，土地的肉里，没有半丝血色，更没有血管，壁立千仞的截面上，唯一能看清楚的是一幅“抓革命，促生产”的标语，除此之外，全部都是黑的，从立面到坑底，黑得触目惊心，黑得光明正大，黑得令人抓狂，让人无法将它也视为土地的一部分。我当时知道的土地，是母亲，是肥沃，是金色的，象征着丰收和富裕，有母性，也有神性。眼底下这土地，只有上面那薄薄的一层，那土地的皮，有土地的样子，疏松、柔软，升腾着白色的地气，之下，下面的下面，土地的常态就荡然无存了。坐在父亲的牛车上，沿着一条坑底升上来的坑坑洼洼的黑色道路向下蜿蜒行进，父亲坐在车辕上，嘴巴上叼着铜烟锅，像睡着了似的麻木。我蜷缩在车床上的一捆稻草中，则犹如深陷于不停地往下落的一个噩梦，双手死死地抓住车档，但四周猛扑过来的黑暗，依然随时可能像风暴一样将我掠走，把我撕碎。有一阵子，果然有从地底吹来的凉风，湿漉漉的，却又带着锋刃，将车上的稻草掀到了空中，父亲侧脸看我一眼，含着烟锅的嘴嘟噜了一声："妈的，这是什么妖风！"跳下车，想去追稻草，没有稻草，牛就没干粮了。可妖风想拿走的东西，人是很难再收回来的，只见那风抱着稻草，先是往空中跑，随后，一个急停，猛然地就往深渊里扎下去了，不见了。父亲跺着脚，乱骂了一阵风，掉过身来，又坐到了车辕上，对我说："幸好没把你吹走，他妈的，这妖风。"我惊魂未定，移到父亲身后，把背紧紧地贴着父亲的背。父亲似乎意识到了我的恐惧，反手摸了摸我的头，挺起腰杆，让我依靠，接着又把一个从家中带来的冷洋芋塞到了我的手中。也正是有了这依靠，我似乎从噩梦里脱出了身子，终于敢把眼睛大胆地睁开，环顾左右。于是，我看见这条向下的道路上，其实不仅仅只有我们这辆牛车，牛车一辆接着一辆，混杂其间的还有手扶拖拉机、东方红牌拖拉机和解放牌大卡车，唧唧复唧唧，轰轰隆隆，道路上黑雾腾腾，把坑顶上的天空和阳光都遮没了。牛一多，而且都是些大水牛，一边拉车，一边噼噼啪啪地拉出大堆大堆的屎，污浊的空气中倒因此多出了一丝丝草香，但它们只能算是鬼门关外残存的人间气息了。牛车还没有触底，我发现所有赶车的人包括我的父亲，个个的头发上、脸上和衣襟上，全都是黑乎乎的了，只剩下一双眼睛里的眼白还是白的。至于那些白水牛、红水牛，尽管骨锋狰狞，一样的黑了，保持原色的只剩下甩来甩去的大耳朵、尾巴和不停迈动的四条腿。我看不见自己的脸，但知道它也被活埋了，用黑手去找，一双手因此更黑，甚至惊恐地发现，这些人畜身上厚厚的黑灰，正与道路两旁高耸着的褐煤层结成一体，让人觉得自己正在煤层里穿行，有了破壁遁地之功，但又不知道这黑暗的尽头到底在哪里。都快绝望了，父亲的牛车终于停在坑底的一块看不见边的平地上，父亲往车上装煤，我站在一边啃洋芋，冷洋芋太硬了，一嚼，就有一阵煤灰窜进口。也许是父亲看见了我满脸的黑渣，大吼了一声："你在这吃个鸡巴，样子像阴曹地府里的饿死鬼！"我只好停下，抬头四望，处处都黑压压的，还真像在阴曹地府里。

几次下褐煤厂的坑底，我都没有经历过从坑底又爬回地面的那种喜悦。父亲说，每一次，当他装完煤，把我往煤堆里一放，我都睡着了，车上像多拉了一块煤。事实上，昭通的褐煤层里，也的确有很多动物跑了进去，我进去了有我的父亲将我拉回，它们进去了就再也没有回来。这些没有重返人间的动物，有剑齿象、三趾马、犀牛和鹿，它们的骨头，有的呈奔跑状、安眠状和啃草饮水状，更多的是亡命状、跪地乞求状和绝命挣扎状。也有少量的白骨，躺在褐煤层里，只有白骨还白，白骨抵着的任何地方都是黑的，但它们仍然还在交配、亢奋、癫狂，几百万年了，一点儿停下来的意思都没有。有历史记载以来，昭通人都把这些白骨统称为龙骨，从声名远扬的老中医到普通老百姓，都用它们医治形形色色的病症。我的一位远房叔叔，有一天晚上路过一片坟地，月光很亮，四野都是蟋蟀的叫声，这个以玩蟋蟀闻名的大玩家，突然来了兴致，把肩上的担子一扔，在坟地上就捉起蟋蟀来了。照这位叔叔的说法，坟地里的蟋蟀，天天吃人骨，牙口最硬，更重要的是，这种地方的蟋蟀，不鸣则已，一鸣便有鬼哭狼嚎之势，其他蟋蟀闻之，无不五内俱焚、魂飞魄散。谁也不曾料到，那天晚上，叔叔闻声找寻了两个时辰，蟋蟀之鸣，忽东，忽西，忽南，忽北，他闻之在南的，循声而去，忽然又飘至北方，他闻之在西的，待他蹑手蹑脚过去，忽然又鸣响于东，弄得浑身是汗，终无所获。可就在他决定抽身离开的时候，脚边的一座坟头上，一只蟋蟀鸣叫得斩钉截铁，声音悲怆却充满了统治力，令其他蟋蟀顿时噤声。他一阵狂喜，缩身蹲下，用手轻轻地扒开荒草，决心一定要将这只蟋蟀找出来。可当他把荒草扒开，就看见了坟上的一个黑洞，而且黑洞里有一双绿色的眼珠子在盯着他……从此，叔叔的神丢了，整天都在欧家营周围的山野上狂奔。累了、饿了和渴了，窜进村子，睡觉喜欢睡在人来人往的大路上，喝水喜欢端起一锅滚沸的开水就往嘴里灌，吃饭喜欢往别人的手上抢。他的家人只好用绳子把他绑了，关在家里，同时，托人到处去找龙骨。普通的龙骨到处都是，问题是，能给叔叔安神的龙骨，必须是孔武百倍、柱子一样的象腿骨。费尽周折不少，但还是在太平乡的一座砖厂里找到了，研粉半碗，用酒送服，在地上作困兽之搏的叔叔，突然额上冒出一汪黑汗，白眼一眨，倒头睡去。次日醒来，只说做了一个梦，被一头绿眼黑狗狂追了一夜。传说旧圃镇上还有一个土医生，专治不育症，药到胎动，积善广远。而他秘不示人的神药，其实也是龙骨，无非他的龙骨天下难求了。知情人说，这位医生的父亲曾长时期分管昭通的几座褐煤厂，凡是挖出的龙骨都得经其过目，一般情况，这人从不下手，但就有那么几次，这人下手了。他拿走的是几具完整的动物怀胎化石，或象，或犀，或鹿，化石腹内的那些化石，命还在，神力无边。

著名自然科学家、美国宾夕法尼亚大学教授江安娜，曾万里迢迢地跑到昭通，望着深不可测的褐煤层和褐煤层里的累累白骨，老太太没觉得一个封存了的黑暗帝国重现了，而是像进了天堂一样手舞足蹈。黑色的煤，在她眼里，纯粹就是一个气候温暖、空气湿润、森林广茂的自由世界。形态各异、种类繁多的白骨，不仅是恐龙之类的旧动物灭绝，大象和鹿之类新动物崛起的象征，而且全都是自由元素。天哪，这个老太太抓起一块块褐煤，就像抓起一片片黑面包，见到一具具成形的骨架，她就想骑上去。她眼冒金光，逢人就逼问："告诉我，世界上哪儿还有类似的乐土，各种生物仍然以生态链的方式完美地轮回?”她怀持的是几百万年前的幻影，今天，站在我的角度，我把她视为灵长类化石，并同样活在褐煤层里。江安娜到昭通来的时候，我的父亲曾用牛车拉了满满一车人去看“鬼不像鬼、人不像人”的“洋老咪”。那可是昭通野史上的一件大事情，不仅我父亲拉去了一车人，还有数不清的人，或被牛车拉去，或骑自行车去，或走路去，挤满了太平乡那个褐煤厂巨大的黑坑。我也到了这个万人坑，死死地抓住父亲的后衣襟，半步半步地往坑底挪移，老是担心自己会被弄丢了，如果要是被黑色人浪掀翻在地，则更是可能会被人们踩成肉泥。但是，当我们走到半途，人流就停止移动了，我的四周都是高耸耸的大人，他们的汗臭、狐臭、屁臭，满当当地包围了我。因为看不见江安娜，又得受活罪，前进不是，后退不是，有人开始吐粗骂娘，或急吼吼地跺脚。也有人心怀鬼胎，像在露天电影场上的那样，借机人挤人，好在大姑娘小媳妇的身子上擦几个来回，于是，就有女人的尖叫或咒骂声响起。假如有个别年轻人不死心，还一味地从人缝里朝前挤，想去看江安娜，被挤的人就骂:“挤个球，就这么想挤着去阎王殿?”总之，那天我像百分之九十的人一样没有看见江安娜，这个外国女人的样子，人们以讹传讹，说她身高三丈，一双眼睛像灯笼，一对乳房像反扣在胸前的铁锅。离奇的是，人们还说，这个江安娜把挖煤工人挖出来的一个平台当成了舞台，先是抱着一块褐煤，闭着眼睛，动情地唱一首谁都听不懂的歌，之后，又抱着一根长长的骨头化石，披头散发，疯天磕地地跳舞，样子像巫婆跳大神。让这个外国女人后来为之唏嘘的是，当时她不知道黑洞洞的煤坑里站满了人，她的眼前只是一片黑茫茫，她钻进了煤层里，在森林中与众多的兽灵共度良辰美景，人，只是一种尚未诞生的新动物。小说家杨昭还从民间听到这么一种说法，江安娜离开昭通时，希望昭通方面能送她一根骨头化石。遭到拒绝后，她便谎称自己的魂丢在了褐煤厂的深坑里，要求人们给她找一个土医生来看看，她忍受不了灵肉分离。土医生来了，往她嘴里倒了半碗化石粉，她这才心满意足地离去。

对我父亲来说，那次去看江安娜，可谓得不偿失，为此付出了惨重的代价。他赶车的那头牛，是头正当年的公牛，我们下煤厂深坑前，他把它拴在车辕上，丢一捆稻草，以为就万事大吉了。没想，那儿的牛太多了，旁边的牛车上拴的刚好又是一头小母牛，两头牛两情相悦，挣脱并不牢靠的鼻绳，在坑沿边上不管不顾地就准备干起那事来，殊不知公牛的两只前脚刚搭上母牛屁股，第一次用力，母牛脚下的土一松，一个趔趄，双双就朝坑底掉了下去。幸运的是，两头牛从天而降，落地处，不是人头攒动的地方，而是一个蓄水池。从坑沿到坑底，落差有多大谁也没算计过，但两头殉情的牛还是将一池黑水全都拍击到了池外，活活摔死了。父亲因此被生产队扣除了一年的工分，还被安排去挑了一年的大粪。父亲的工分被扣，那一年，我们一家人靠母亲一人的工分活着，每个人都只留下了半条命。青黄不接的时候，我们几兄弟饿得嗷嗷叫，母亲就在煮熟的苜蓿尖里掺些观音土进去，拌匀了让我们吃。我们个个都吃得腹大如鼓，却无法排泄，只好捧着肚子，哼哼唧唧，向父亲求救。父亲先是在昭鲁大河的河堤边坡上挖出一条土台阶，命令我们在上面跳上跳下，跳得精疲力竭并觉得肚子里有东西下坠之感时，他才叫我们双手狠揉肚子，然后脱掉裤子、翘着屁股，让他用手指从肛门里掏个不停。那时，弟弟还没上学，被父亲掏疼了，只会一个劲地哭；哥哥已上初中，被掏得受不了，就尖叫“谁知盘中餐，粒粒皆辛苦”！我顶不住时，叫的当然还是“五岭逶迤腾细浪，乌蒙磅礴走泥丸”。弄得父亲哭笑不得。他将掏出的泥丸扔给旁边站着的狗，狗闻一闻，不吃，走了。

回乡记

一

我家的老屋，是三间土坯房。母亲进城后，便用铁锁一一锁了，屋前屋后全都长出了荒草。

这次我专程去看了一眼老屋。

有人撬了铁锁，一家人住在里面，我不敢扰人，转身就走，一条狗追着我狂吠。进城，我与母亲说起这事，她说："让他们住吧！"

他们是谁？母亲说，她懒得知道。

二

老家的村庄坐落在两条河流的交汇处。那交汇的地方水利局建了一座桥，桥上安装了三道电动闸门。闸门很少提起来，堵下来的水，记忆中清汪汪的。守桥的人换了好几个，其中有一个触电身亡，还有一个勾引村庄里的女人，常常被村庄里的男人打得头破血流。乡下人都信邪，说那守桥人住的房子，建在了墓地上，守桥人的身上都附着鬼。

两条河的上游，都有一座城。现在的闸门也像以前那样是关死的，蓄下来的水却是臭的了。上面浮着的垃圾上甚至长出了青草，开出了花朵。我在河堤上走了个来回，一直捂着鼻子。坐在河边上抽烟的一个老人，他是我的堂叔，他告诉我，现在人们想自杀，都喝农药了，想死也不投河，想死得干净点，嫌这河水臭，嫌这河水黑，嫌这河水上的垃圾太厚了，跳下去尸体浮不上来。

三

我问一个与我年纪一样大的叔伯兄弟："娶媳妇了没有？"

他回答:“娶了个女鬼!”

他是个傻子。我又问:“怎么头发全白了?”他回答:“我天天吃石灰。”他一边笑,一边脱裤子,他让我看他的阴毛,他的阴毛也全白了。

他已经记不清我是谁了,低声问:“你是乡上的,还是县上的?”我还没回答他,他就更小声地跟我说:“前几天有人喝醉了,从城里带了个女人回家来,他老婆不准他进门,他一拳打掉了老婆的几颗牙齿。你猜,这个人是谁?”

我递了支烟给他,他把烟夹到了耳朵上。这个人是村子里的游魂,他知道这村庄里无数的秘密,关于通奸、盗窃、诬陷,甚至杀人。少年时代,我们曾经无所事事地在田野上游荡,有一天,他拉着我去看勘探队的钻井架,那些工人正坐在草垛上吃馒头,他指着一男一女,告诉我:“就是这两人,昨晚在河堤下干烂事。”不过,给我印象最深的是,当年,只要村子里死了人,他都会去哭丧,哭声尖厉、高飘,荡气回肠。

四

小时候有个玩伴,在一棵电线杆下触电身亡。他的父亲参加过徐蚌会战，还去过朝鲜战场，战争一完，回家当了农民。大饥荒那些年，他家没有挨饿，粮食是用军功章换回来的。我去找那棵电线杆没有找着，那地方建起了几栋鬼头鬼脑的洋房，门上的锁全都生锈了。

五

中午，我去找我的一位初中老师喝酒，他现在是个屠夫，家里挂满了腌制的猪内脏。他是个兔唇，当年教我们的英语。吃着他一桌子的猪心猪肝猪肠子，我问他还记不记得几个英语单词，他指了指墙角的一堆杀猪刀，说只记得一个：knife。他读出了小刀，不知道杀猪刀，读得也不可能准确。我看着他一个劲地笑，他逼着我喝了满满一钢杯苞谷酒。

从他家里出来，有几只喜鹊在白杨树上不停地叫。他醉意嚣张，弯腰捡起一块石头，用力地丢了出去。喜鹊纷飞，他长笑不止。

六

父亲曾经告诉我，乌鸦歇脚的树上都有过吊死鬼。我从来没有看见父亲爬过树，而我倒是一直喜欢爬到树上去。父亲还说，只要用乌鸦的血擦一下眼睛，就能在夜里看见满地风一样侧着身子走来走去的形形色色的鬼。

有一天晚上我梦游，第二天醒来，竟然是坐在一棵平常根本爬不上去的梨树上。梨花开得正旺，头上的天空白晃晃的。我看见父亲扛着一架木梯子飞奔而来，到了梨树下，却不急着将我救下。他坐在树底下抽烟，梨花落了很多在他身上。很久他才头也不抬地问："你是怎么爬上去的？"我回答："不知道！"

那些我爬过的树几乎都被砍光了，这一棵梨树还在。父亲死的那年，母亲说这梨树死了一年，第二年又重生了。我不相信，母亲说："不相信就算了。"

七

在路上遇到一个中年妇女，她盯着我看了一会儿，欲言又止。我也盯着她看了一会儿，欲言又止。擦肩而过后，我才想起，我们应该是小学同学。转身再去看她，准备打一声招呼，她的身影已经闪进了一片烟草地。

她叫什么名字，我一直没有想起来。倒是牢牢地记住了她那鼓鼓囊囊、头发凌乱的样子。

八

堂哥大我两岁，但从小学到中学，我们都在一个班上，我上高中，他去当了建筑工地上的木匠。我师专毕业那年，他结了婚，很快就有了孩子。他发誓要让自己的孩子都考上大学，有份正当的舒服的工作。二十年的时间说过就过去了，苦也尝尽了，他的两个孩子果然考上了神三鬼四的民营大学，而且又很快地毕业了。令堂哥火冒三丈的是，大学生毕业，国家已经不包分配，两个孩子又没学到什么真本领，好的工作找不到，只能跟着他在建筑工地打工。

我们就着一盘猪头肉喝酒，他把两个孩子叫了过来，一定要给我磕三个响头，说是要托付给我。我问大儿子："学什么专业？"大儿子怯生生地回答："工商管理。"我问二儿子："学什么专业？"二儿子一样怯生生地回答："计算机。"我什么话也没有说，拉开门，走了。门外是白茫茫的月光。

走出很远，听见堂哥的一阵乱骂声。

我读书，有了工作，后来的人以为读了书就会有工作，结果他们没有找到工作。我知道，村子里有很多人一直在骂我，说我带了坏头。让我内心压抑的是，很多家庭，为了供孩子上学，家徒四壁，负债累累。

九

从堂哥家出来，上了河堤，傻子还站在那儿。问我是不是要走了。我说是。

他闻到了我身上的酒气，指着河上的一座水泥桥告诉我，某某前几天喝醉了，从桥上掉到了河里，死了，臭烘烘的。某某也是我的少年玩伴，上学时，成绩比我的还好。没考上高中，变成了村子中最有名的酒鬼。

我问傻子："你去哭丧了吗？"

他答："我去了邻村，那儿也死了酒鬼。"

十

回城的路上，总有摩托从我身边飞驰而过，我相信里面有我认识的人。黑夜里遇上，尽管有月光，谁也认不出谁来，打一声招呼的机缘都没有，这仿佛是生命里就没有让我们重新相认的那个环节，只能任其各赴生死，老死再不往来。到望城坡，想起父亲曾说，一九四九年以前这儿全是黑森林，常有土匪剪径。又想起父亲弃世时，小说家杨昭夜里赶路去陪我守灵，他说在这儿他曾碰上了两个人，一定要与他相伴走上一截。两个人都没有脸，声音直接从胸膛传出。过一片坟地时，两个人就没影了，路上又只剩下他一个人。

想起坟与鬼，大抵都是因为我的内心一直藏着太多的恐惧。

天空安魂曲

无极山是一座主要由石头组成的矮山脉，坚硬、寂冷。附着其上的泥土都是飞土，像一副巨大的骨架上，零零星星的有些肉筋。山上树木稀少，松树均不连片，长相和气质让人觉得，它们是上个世界的遗物。灌木丛和荒草本来就少得可怜，又都长在背阴的山坳中，为此总是被人们所忽略，也被无极山的山神视为虚无空间里的虚幻之物。山上没有村落和寺庙，也没有人在上面开荒种地，曾经有人把整座山当成磨刀石，刀光闪烁，锋利的刀刃堆满了一条条山谷，搬运刀刃的车辆络绎不绝，但终因无极山远在天边，且取水难度太大，那些职业的磨刀人不堪重负，叫苦连天，只好满世界地另找磨刀石去了。

山东的平坝上，一个家族养鸽子，山西的丘陵中，一个家族制作风筝。以前，这两个家族共用着同一片天空，一直把无极山当成放飞鸽子和风筝的平台。在那漫长的等待鸽子或风筝归来的时间里，两个家族的人少不了迎头碰上，但最多点一下头，一点来往也没有。最近二十年来，生活中的罪恶、残忍和冷落逐渐地增多了，又在上演各个魔鬼横行时期的种种悲剧，特别是不孝、偷盗、淫邪、欺诈、吸毒和丧心病狂的物欲这样的一剂剂毒药，已经变成山东和山西普罗大众的家常便饭，两个务虚的家族之间，开始了一封接一封的书信来往。

在他们根深蒂固的观念中，两个家族都是谪仙的后人，故乡在天空里，不管是乘着鸽子的翅膀，还是悬挂在风筝的尾翼上，他们死后，灵魂都将归于天空。而且，在史诗般的家族史上，两个家族始终没有墓园、牌坊、功德碑和祠堂，他们每一个人的尸体都要烧成灰，由鸽子或风筝抛撒在天空里。

这一天早晨，风筝家族的头人从被焚烧一空的风筝仓库里，手上拿着一只在现场发现的死鸽，一身灰烬里走出来，表情沉寂，内心却有一座火焰山。他还没来得及冷静地想想事故的原因，一个邮差已经满头大汗地站在了他的面前。为什么不是信鸽？在伸手接过信件的一瞬，他心上已经有了某种不祥的感觉。按照常理推算，人们都会认为这是一封抚慰的信件，是一个家庭向另一个家族雪中送炭。事实不是这样，信件上的文字虽然已经非常的克制和超脱，但提供的仍然是噩耗：在同样的时间段，鸽子家族养殖场内的鸽子，被人用药物一只不剩地毒死了。让鸽子家族的人不解的是，毒杀的现场，他们找到了一只运送毒药的大型风筝。

风筝家族的头人伏在桌子上书写回信的时候，鸽子家族的头人已经沐浴更衣，端坐在屋前的石凳上心不在焉地吃着素食早餐。阳光像飞扬的红土，由东向西，吞噬了无极山以东的荒原，又扑向无极山，把原本寒茫苍凉的无极山上的地平线涂染得散发出黄金的色泽。在自己的一生中，他的确遇到过蔑视或仇恨天空的人，世戚与旧僚中，也不乏屠杀鸽子的人，这些人提着一桶鸽子血，爬上无极山，试图把天空的颜色变成他们想象中的血红。他父亲的遗体，就曾经被人强行埋葬在肮脏的泥土中；他晒在屋后的衣服，也曾被人偷走，在无极山的悬崖上歹毒地给他建了一座衣冠冢；就在去年夏末，他的小女儿，还被乡长逼着吃乳鸽肉，然后迷奸，于今年暮春生下一个去不了天空的孽种……

在回信中，风筝家族的头人排除了两个家族以互相偷袭的方式，联手毁灭天空的可能性。现场发现的风筝与死鸽子供出了离间者，但他承认，在无极山两边愈来愈怪力乱神的土地上，他觉得每个人都怀揣着一颗怦怦乱跳的凶心，他却不敢去具体地指认。把信件和那只死鸽交给邮差后，他习惯性地泡了一壶茶，端着茶壶，一脸困倦地看着儿孙们清扫堆积如山的火灾废墟。大儿子准备把风筝的灰烬抛之于荒野，遭到了他的一顿臭骂。他让整个家族的人重新制作了一批风筝，把被烧毁的风筝灰烬，一点不剩地抛撒到了天上。他们制作风筝之时，来自无极山的风，送来了山东家族焚烧鸽子尸体的焦臭味，他们把目光投向无极山，多少有些好奇，鸽子死光了，不知道山东家族会以什么方法把鸽子的骨灰送回天上去。

从那以后，风筝和鸽子飞满天空的景象再没有出现过。而且，山东和山西的两个家族至今也不知道，为他们传递信件的那个邮差，一直靠出卖信件的内容为生，每次都是在无极山山神的眼皮子底下完成的交易。谁也说不清楚，这两个家族会在什么时候迎来没有任何预兆的灭顶之灾。

冰面上的雪

儿子刚一生下来，她还没有从麻醉剂中彻底苏醒，浑身冷得直哆嗦，医生就用冰凉的语气告诉她，她和儿子，两个人都携带着艾滋病病毒，而且，儿子的生命体征非常微弱。

这是她意料中的结局了，一点也不惊恐。从病床上挣扎着爬起来，把衣服穿好了，束了束头上满是汗渍的头发，她这才接过护士手上抱着的儿子，看了看儿子天使般的小脸。用随身带着的一件绿色破袄将儿子裹严实，掉头对医生和护士们凄然一笑，恍恍惚惚的她就从医院里往外走。身上没劲，双脚免不了轻飘，不留神踢翻了走廊上的一个痰盂缸，她没有弯腰去打理，照直走向了楼梯。没有人劝她留在医院里静养，对她怀里的孩子似乎也缺少同情心，走廊里的人，一句话也没说，个个贴墙而站，直到她消失在楼梯的转角，才有人聚在一块儿，低声交流起来。下到楼梯最后一台的时候，她走不动了，就坐在台阶上喘气，医院大门外吹进来的风，让她打了几个喷嚏，还把她的头发吹乱了，她侧了侧身子，紧紧地捂住怀中的儿子，靠到了楼梯的扶手上。当她拉着扶手站起来，抱着儿子走出医院，人们发现她坐过的楼梯台阶上，留下了一片血迹。

出了医院，天上还在落雪。医院门口，报刊亭里的老妇人看见她落在雪地上的一滴滴鲜红的血，嘴巴和双眼都张大了，头颅随着她的身影移动而移动。她走远了，老妇人的嘴巴和双眼仍然没有恢复到正常状态，也始终没有找到其他更能表达自己愕然的肢体语言。流着血进入医院的人，见得多了，流着血，一个人抱着新生儿离开的人，老妇人还是第一次碰上。

一辆出租车，顶着厚厚的积雪，主动停在她的身边。司机摇下窗子玻璃，伸出头来，嘴巴里呼出一团团白雾，问她要去哪儿。她跺了跺脚，把鞋子上的雪抖掉，然后用空洞洞的眼睛望着司机，本想说，我想去地狱，你送我去，但又忍住了，木然地摇了摇头。出租车排出一大团白雾，把她罩住了。站在雾里，她真希望这雾不要散掉，就这么罩着她，让另外的车辆冲过来，把自己连同儿子一起撞死。不过，这瞬间的念头，就像白雾一样，很快就散了，她横过大街，折入一条小巷，朝着废墟的方向吃力地走着。途中，儿子哭了几次，显然是饿了，她想停下来给他喂奶，望着越下越大的雪，却没有照自己的想法去做。

这个城市不大，冒着寒雪在街边上卖烧土豆、卖皮帽和手套、卖假烟，以及游手好闲的很多人，其实好多个她都认识，以前见了，总会打个招呼。可自从丈夫死于艾滋病的消息传开之后，人们看见她，总是躲开，装着不认识，有的还会朝她吐浓痰。她不怪罪任何人，也不对谁抱希望，她知道，这个世界不要她了，把她开除了，盼望她尽快消失，消失得不留半点痕迹。同时，她也感到，生活在这个世界里面的人，因为谁也不敢触碰她，总是与她保持着长长的距离，仿佛真的又把整个世界腾空了，给了她一个人。开始的时候，这种感觉令她无所适从，菜市场、街道、楼房，自己可以毫无顾忌地做一个闯入者，但它们又丧尽了具体的现实意义，只要自己一伸手，想去抓住什么，世界就会朝后退，她什么也抓不住。当她像一个修理工那样，把“艾滋病”这三个字笨拙地拆散开来，她发现它们的一笔一划不是锈迹斑斑，而是像一根根高压电线，不需要任何形式的触碰，就能嗅出浓烈的死亡气息。她甚至觉得，这三个字的每一点，每一横，每一竖，每一撇，上面都藏着一位阎王，足以让人死，也足以吓跑任何一个人。因此，作为一个与世界无冤无仇的女人，她相信自己乃至儿子的名字已经被阎王从生死簿上划掉了，自己还能做的事儿，就是主动从人世中隔离出来，别再给人世添麻烦。不会有人知道她对人世所抱有的慈善，但她会持守到自己死去的那一天。如果还有什么难以放下的话，就是怀中的这个儿子，她在流产与生育之间权衡过，流产意味着预支死亡，生育则是人为地把死亡往后推延几年。她选择了生育，其实就是想让一个注定要迅速毁灭的生命有机会看一眼世界，看看世界之后再无望地死去。她本来就是一个遭到世界遗弃的人，不是没有考虑到儿子一旦生下来就必须承受被遗弃的命运，而是天生的母爱在作祟。她自问过，哪一天自己死了，这个无人敢收留的儿子该怎么办？这是一个没人能回答的问题，她自然也回答不了。半年多来，她腹里装着儿子，背上背着丈夫的骨灰盒，在这个城市郊外最荒僻的一座废墟里以拾荒续命。几乎每个晚上，对着骨灰盒说话，最后一句她都是在问，我该怎么办啊？昨天晚上，废墟上大雪飞舞，她的肚子开始了一轮接一轮撕裂般的疼痛，她意识到儿子就要出生了，背靠着一堵断墙，她的原计划是将儿子生在丈夫的骨灰盒旁边，让儿子知道，自己有父亲。可她没有想到自己会难产，疼痛迫使她发出了一阵又一阵惨烈的喊叫，接着她便昏迷过去了。当她恢复意识的时候，她躺在了手术室中，医生正在给她注射麻醉剂。

出了城，站在路边的一棵梨树下，她腾出左手，把头上和身上的积雪拍了拍，身上的雪落到地上，听不到一点声音，倒是梨树上响起了喜鹊的叫声，吓了她一跳。她下意识地抬头看喜鹊，却又看见有一只乌鸦也栖在梨树上。喜鹊和乌鸦同时出现在一棵树上，她以前没见过，喜鹊一声声叫着，飞走了，随后，一声不叫的乌鸦也飞走了，惊落下来的雪，又落了许多在她身上。拍了拍身上的雪，她继续朝着废墟走去，途中，一个结冰的池塘边有一个石墩子，她抹去积雪，在上面坐了很久。雪花不停地扑向池塘的冰面，同时扑向四周的山丘和田野，但因为她一直凝视着冰面，整个世界的雪似乎都集中到了冰面上。它们累集在一起，为冰块增高，冰块也顺势冻结它们，将它们自由的飞舞、无尘的洁白和经不住任何挑战的天真，一一地归化为零，形成与天地对接的无边的洁白。这个池塘，她以前每天都要经过，水不多，而且又黑又臭，是城市排放各种垃圾的场所之一，除了她和另外几个拾荒的老人，基本很少有人光顾，即使必须路过，都会用纸巾死死地捂住鼻孔，一闪而过。她一动不动地坐在石墩子上，雪花把她和儿子也染白了，仿佛那石墩子在一夜之间长高了，变成了一尊圣洁的母与子雪雕。其间儿子在雪被下，用微弱的声音哭了一次，她没有听见，就像她永远不可能听见黑暗的冰块不断地抬升的声音。她不知道，那一会儿，她的儿子也变成了冰块的一部分，冰块已经带走了她身体之外的一切。所以，当她重新站起身来，朝着废墟走去，她抱着的不是儿子，她是抱着一块再也不会哭泣的冰块。

按照内心慈善的人们的想象，这个女人，当她回到废墟中，在她平时居住的断墙下的窝棚前，一定坐着那几个与她一起拾荒的老人。而且，头天晚上，正是这几个不惧怕死亡或说已经死过很多次了的老人，听见了她的惨叫，然后把她送进了医院。现在，又是这几位老人，给她燃起了一堆柴火，还在她丈夫的骨灰盒上放了一筐鸡蛋和几块红糖。在这个想象的场景里，她得到了一份人世的问候与安慰，绝路之上响起了安魂曲。然而，事实并非如此，她去到废墟，只是为了把丈夫的骨灰盒背到背上，然后，她穿过废墟，走向了白茫茫的原野。她丈夫是如何患上艾滋病的，是一个谜团。她产子的晚上，是谁将她送到医院去的，还是一个谜团。按照我们身边频频发生的无头无尾的悲剧模式，对这个悲剧进行还原，可以肯定的是，那一天，她在雪野上继续行走，背上是丈夫的骨灰盒，怀里是已经变成了冰块的儿子，走着走着，走到一个人迹罕至的地方，她的血流光了，便抱着丈夫和儿子咽下了人世的最后一口浊气，大雪悄悄地埋葬了他们。这样的结局令人心颤，更令人心碎的是，几个月后，一个拾荒老人说，这个女人死在了离废墟不远的一片松树林中。她先是埋葬了丈夫的骨灰盒，然后，斜靠在坟头上，敞开衣襟，把两只乳房露了出来，让儿子的一只小手，象征性地抓住她的一只乳房，儿子的小嘴，则象征性地含住另一只乳房的乳头。

在巧家县的天空下

在巧家县的大山深处，一所乡村中学里，有一个每天都在给未来写信的语文教师。具体一点儿说，他写的信，都是寄给开在未来时空里一个名叫“狮子吼”的书店，求购那儿出售的书籍。他已经厌倦了身边的贫困、孤单和群山，对号称未来的教育也失去了耐心，只想一步到位，直接生活在未来。

“狮子吼”书店非常重视一封封来自过去的求购信。销售人员把地图打开，地图上已经找不到一个叫“巧家”的地方，写信人详细地描述的“巧家”，是造物主重造世界之后的一座人间地狱，没有名字，也没有在那儿开设邮电所。但为了不让写信人失望，同时为了捍卫书店对过去负责的宗旨，他们还是源源不断地把新上架的书籍，无偿地寄回了巧家，之所以说未来之书是无偿寄回，因为中学教师汇去的人民币，在他们那儿已经是冥币，不能流通了，只能烧了，让中学教师自己到可以沟通过去与未来的火焰中去领取。

有一条神秘的邮路，是未来的人们也没发现的。他们寄出的书籍，巧家群山里的这位中学教师竟然全部收到了。书籍上的文字，没有像世界主义者想象的那样变成了英语，仍然是汉字，而且是繁体字，一些我们认为是生僻的、死去的、落后于时代的字，重新大行其道，一些我们天天使用的字，却很少采用了。困扰我们多年的文风问题也得到了完美的解决，空话、套话和假话没有了，从上到下统一的腔调、语言暴力和具有排他性的美学，也得到了有效的修正。中学教师浸淫在这样的汉字中间，既快乐又绝望，感觉自己是一个被撕成了两半的人。他把书上的知识搬到课堂上去讲授，得到的是其他教师和全体学生的嘲笑，都说他大脑出了毛病，精神分裂了。比如他讲授的中国未来的行政区划，把成吉思汗大军到过的地方都收纳了进来，还把印度洋当成了国家的内陆湖。这还不是人们嘲笑他的重要依据，大家觉得他从未来平移到今天的许多日常生活现状才是足以让人笑死的。比如，人们可以像白云一样在天空里自由散步；人的灵魂已经现身并可以表达自己独立的意志；地球与火星之间的栈桥上人来人往；等等。他照搬过来的《日常生活指南》、《狮子吼书店里的幽灵》和《与一个巧家教师的通信录》等书的情节，被人们编成荒唐的段子，满世界转发。

让这个中学教师无比沮丧的是，在他收到的书籍中，也有一部分出自现在一些不为人知的作者。这些人没有出现在电视、广播、纸媒和网络中，谁都想象不到，在未来的经典作家中，会出现张无常、刘录恩、朱温庆和曹梦楼这样的人物。他们是谁，藏在哪一个省，收到过什么杂志的退稿信，人们一无所知。中学教师借暑假和寒假的时间，走遍了三山五岳，大江南北，没有找到任何蛛丝马迹。当然，他也收到了一部分出自当下著名作家的作品，让他非常吃惊，这些作品仿佛出自别人之手，现在的版本与未来的版本握在一块儿比较，很多章节删除了，现在没有的章节又补了进去。立意、趣味和审美出现了天壤之别。典型的例子是，贾平凹的《废都》，那些方格，“此处删去两千字”之类，全部补上了。一个个会做爱的汉字，比狮子还孔武百倍。对这个中学教师来说，最重要的发现，乃是在两个版本的删除与补充的替换的美学与道德标准上，他明白了，其实很多现在呼风唤雨的大人物，和他一样，都是偷生于人世。

巧家县大山里的这位中学语文教师，后来受了可以与未来通信这一方式的启发，他也尝试着给孔丘、老聃、屈原、王羲之、王维、李白、杜甫、苏轼、范宽、朱耷、王阳明、傅山和鲁迅等人写信，他以为在他的世界中，过去的人物也会给他回信，把许多失传的锦绣文章等寄给他。但他寄出的信，就像寄给了释迦牟尼和耶稣，诸神没有理他，谁都不想以文字的方式跑到现在来生活。失望之余，他辞掉了教师的工作，从巧家县跑到昆明去当了一张小报的记者，然后又通过公开招考，进了保密局，做了一个紧锁牙关的人。再后来，不敢触及浮世，他悄悄写了一部《神史》，神为了召见他，让他患上了肺癌，死在了云南省第一人民医院雪白的床单上。

巨石上的曼糯山

一

他叫岩迈，四十三岁，做了爷爷。

我们站在他的家门口，也就是“茶道布朗哥古茶坊”的门口东张西望。他家所在的曼糯大寨有一百二十户左右的人家，位于曼糯山的中上部，往上是古茶园通往天空，往下则是几十公里长的斜坡直抵澜沧江边。斜坡上，传说中老虎成群的原始森林已经荡然无存，褐红色的土壤在零星的杂树、秋收后发黑的玉米秆叶和残留着一半绿意的荒草间坦然暴露，散发着觐拜阳光时眩晕的色泽。澜沧江的对岸就是人们说的

"澜沧山"，隶属于普洱市澜沧县。山是绝对的大山，岩迈说，祖辈的人从曼糯大寨去普洱卖茶，需要三天左右的时间，而翻越这座山就得用去一天，而且时刻都得提防滚石、深渊和树林中孤独游荡的孟加拉虎、野象和熊。这山上堆满了白云，仿佛墨绿色的群山之上又存在着白色的群山，一如真实之山的魂魄。宋仁宗庆历八年，时任扬州知府的欧阳修，于蜀冈中峰筑堂，平视江南诸山，取堂名为平山堂。我今于曼糯大寨，站在岩迈的身边，眼中、心头也生出了"远山来与此堂平"的大象，可还是明白，古茶坊终究不是平山堂。诗词与文人的骨头筑堂，古茶树与布朗人的神魂建坊，本无品质参差，在不同的甚至是两个平行的空间之内，它们分别成峰巅，但时间史与精神史肯定倾向于平山堂，而我们也不能对此心存质疑。因为质疑、否决、摧毁所产生的黑洞，即便时间也难以填空。

岩迈用手指指着斜坡上的五个地方，说这五个地方曾经是五座缅寺，但只留下了五口水井，其中一口水井名叫"小和尚井"。五座寺庙不是毁于火灾或兵燹，几十年前，有人让筑庙的和塑佛像的人，亲手拆除了庙宇和佛像。有布朗人的寨子必有庙宇，曼糯大寨没有了，那五个地方重归荒野，在五个寺庙里当过小和尚的人，做过大佛爷的人，或早已仙逝，或垂垂老矣，把浩浩荡荡的子孙留在了没有寺庙的浩浩荡荡的群山之中，生命与生活重新回到了它们的源头。

二

在勐海县的茶山格局中，海拔一千三百米的曼糯山只有二千多亩古茶林，产量十六吨左右，其规模甚至可以忽略不计。二〇〇三年春，当岩迈到某茶厂请来几位制茶师傅教人们采摘、杀青、揉茶、压饼等工艺，这些外来的师傅也才发现这座迷雾笼罩的山冈上，不仅暗藏着好茶，还暗藏着勐海茶叶销往内地的一条秘密通道。而且，在与耄耋老人的交流中，他们还发现，他们所传授的技艺，曾经是这座山上人人通晓的常识，无非是常识归于尘土，他们才获得了重新布道的机会。二〇〇五年，岩迈不满足于原料销售所获得的微薄利润，创建了曼糯茶山的第一个茶叶品牌“曼糯古茶”，自己压饼向外销售，带着自己的茶饼，独自闯荡昆明、广州、青岛等一个个茶博会。至二〇一一年，在“老班章”等勐海众多如日中天的品牌纵横天下的时候，其“曼糯古茶”，竟然在本县举办的“茶王节”上摘得了两项金奖和一项铜奖。“条索紧结黑亮、香气高扬持久，杯底留香独特，汤色金黄明亮、饱满，苦、涩明显绵长但回甘悠久，山野气息强劲，叶底黄绿匀齐”，有此特点，曼糯古茶开始令人侧目，价格也因此从几十元一公斤飞涨到了现在的一千六百元左右一公斤。

在谈论曼糯古茶异峰突起之时，也许只有岩迈请来的那几位制茶师傅领教到了进入时间迷宫后的山野文明的悲剧性。曼糯山所属的勐往乡，现在看来，它仿佛西双版纳与普洱市之间群山里的一块飞地，隐匿、沉默、鲜为人知，是大千世界背过身去才能看到的一个角落，而且是心脏边的向内的角落。可在两千年左右的中缅伐附史上，它一直在“骠国”与“蒲甘国”内附的交流畏途上扮演着澜沧江南岸最后一站的重要角色。明朝在缅甸设置缅甸、孟养、木邦、八百大甸、底马撒、大古剌等宣慰使司，并同时在中缅边境一带设置孟密宣抚使司、蛮暮安抚使司、孟艮御夷府、里麻长官司、茶山长官司、车里宣慰使司等“三宣六慰”，勐往也一直是车里宣慰使司（辖今西双版纳、普洱市和老挝部分地区）澜沧江之南（俗称“江外”）广大地区北上的重要驿站之一。清乾隆二十七年（一七六二年），脱离传统内附格局的缅雍籍牙王朝在缅王莽继觉的主持下，派兵进入云南九龙江和滚弄江的耿马、孟定、车里等地，征收花马礼贡赋，挑起了历史上著名的中缅“花马礼战争”。这场战争开始时清政府不以为意，认为只是“莽匪”对清王朝边疆的普通骚扰而已，直至一七六五年十二月二十一日云贵总督刘藻接到普洱镇总兵刘德成、署普洱府知府达成阿关于缅军入侵车里的急报，并令部属全力征伐，这才标志着“花马礼战争”全面爆发。缅军三路进犯，一路由勐龙滋扰九龙江，一路由勐捧、勐腊进兵橄榄坝，另一路则由勐海挺进勐往，直抵车里江（澜沧江），威逼普洱。刘藻一方面督军御敌，一方面上书乾隆，乾隆也在其给刘藻的谕旨上批示：“此等丑类，野性难驯，敢于扰害边境，非大加惩创，无以警凶顽而申国法。刘藻等既经调兵进剿，必当穷力追擒，捣其巢穴，务使根株尽绝，边徼肃清。恐刘藻拘于书生之见，意存姑息，仅以驱逐出境，畏威逃窜，遂尔苟且了事。不知匪徒冥顽不灵，乘衅生事，视以为常。前此阿温、波半、扎乃古一案，未尝不重治其罪，甫经半载，仍敢怙恶不悛，即其屡扰边界，已属罪无可逭。此次若复稍存宽纵，难保其不再干犯。养痈贻患之说，尤不可不深以为戒。若将此传谕刘藻知之。”（《乾隆朝上谕档》）乾隆下谕，刘藻自然也纵马三路迎抗缅兵，殊不知九龙江、橄榄坝两路清军连战连捷，由何琼诏、明浩和杨坤三将统领的勐往一线清军，渡江冒进不说，还将兵械捆载而行，将弁徒手，掉以轻心，视“莽匪”如无物，大摇大摆地前去御敌。没想到，军队刚至勐往，便遭到了“莽匪”的四面伏击，明浩受伤，何琼诏、杨坤下落不明，清军大败。“勐往溃败”导致后来败归的何琼诏等三将被斩，也致使云贵总督刘藻降职并羞愧地自刎于普洱，最为严重的是，它直接导致了这场战争成了持久战。战争过程中，接任刘藻的陕甘总督杨应琚也因“欺罔乖谬，不能任事”而被赐死；接任杨应琚的伊犁将军明瑞也在对缅战场上身负重伤后引刀自杀；之后，接任明瑞的川陕总督傅恒则在战争结束前夕染病于缅，班师回朝后几个月不治而亡。与此同时，清军入缅作战死亡两万人以上，马匹损失六万匹左右，清廷拨付军需银一千三百多万两……

“花马礼战争”是一笔糊涂账，缅方说自己大捷，清廷亦将其列入“十全武功”之列，说自己全面奏凯。以今天的视角来看，这场战争其实就是一柄双刃剑，拦腰砍过，双方都为此流出了几万吨鲜血。而在评判战争过程中致命的战役性节点时，“勐往溃败”肯定应该视为将清军推入战争泥潭的第一块滚石，也就是多米诺游戏中倒下的第一块骨牌。摊开云南地图，你就会发现，澜沧江由北向南一路劈山裂野，至普洱和西双版纳一带，更是将国家版图上花团锦簇的边地活生生地切割成“江内”和“江外”两个区域，“江内”依附于内省，“江外”则毗邻缅甸、老挝、越南。勐海一县均在“江外”，孤悬之地也，而勐海之勐往乡，则处在勐海的最北端，隔江而望普洱。内省人南下，过澜沧江，踏上“江外”飞地，经勐海而走夷方，第一脚必然踏到的就是勐往的土地，“骠国”人，“蒲甘”人，“江外”国民，由车里朝北走，前往长安、金陵、北京，勐往自然也是江外最后的驿站之一。因此，岩迈才会说，祖上的人们背茶去普洱销售，同时也有内地人成群结队地渡江而来，到勐往收茶。那些人到了勐往，一人随身带着一个布口袋，白天收茶，晚上就缩进布口袋里在路边或街头呼呼大睡。著名的普洱茶专家彭哲也多次与我说过，在澜沧江上没有架设桥梁之前，民国乃至清代，地处“江外”的勐海和景洪等众多茶山上的茶叶，很大一部分都是经由勐往而销往内地的。天籽山主人李旻果祖上是思茅人，她一直在写一本名为《老虎与茶》的书，叙述与重现她的爷爷赶着马帮往来于思茅与勐海之间运茶的传奇故事。老虎出没于大江两岸的山峰之间，出没于勐往、勐拉和勐阿，爷爷和茶是幸存者……唯其如此，在民国时期，勐往曾设思普边行政分局、殖边分署、临江行政区和临江设治局等更替性机构，一九四九年一度设宁江县府于此。

在彭哲与李旻果诸君的口述中，勐往和曼糯茶山，其风云际会的画卷之上，那明灭不休的人影，无论是走夷方的，戍边的，还是逃亡的，贩茶的，原生的，他们的身上无一不携带着茶叶，无一不飘荡着茶香。“我始终认为，那曼糯茶山上的布朗人，真正杰出的种茶人、制茶者，一代代往上推，只会是越往上的人越优异，越往上的人越是与茶树合二为一的，是茶神的儿子。茶道和茶技的传承，越往下，渐渐地丢失了很多精髓，直至因为诸多的原因而失传，今天的兴旺，可以说是久旱之后龟裂的焦土上又生出新的生命……”彭哲说，随之长叹一声。

三

勐往，《勐海县志》云：“傣语地名，意为湖泊变成的平坝。”岩迈告诉我，应该是“湖泊变成的长满了稗子的平坝”

更贴切。在布朗人的精神史上，平坝出现之前的湖泊是一座巨大的鱼塘，人们以捕鱼为生。某一天，释迦牟尼从此路过，见人们在与大风大浪的湖泊的搏斗过程中总是处于劣势，生活品质极其低下，便用手杖击破了北岸上高耸的山脉，让湖水流入了澜沧江，在人们面前呈现出了一片金色的土地，而且，这片土地上长满了稗子。那金色土地的旁边，高高的山峰名为曼糯，上面长满了古老的茶树。在我们立于茶树林间，眺望带状的勐往平坝时，岩迈神秘地告诉我："看到这些茶树，释迦牟尼非常开心地笑了，并悄悄告诉我们布朗族的祖先：你们就住到那茶树生长的地方去吧！于是，我们布朗族人就一直住在曼糯山上，把长稗子的平坝留给了傣族人！"

古老的茶树长满了金叶子，布朗族人可以依靠它们繁衍生息，可他们的祖先在辟世之初未必知道，在分配应许之地时释迦牟尼其实一点也没有偏心。那些交付给傣族乃至阿卡人的长满稗子的土地，后来孕育出来的东方稻作文明，其给人类的贡献甚至远大于茶叶文明。所谓"稗子"，乃是目前世界上硕果仅存的原生稻，化石级的稻谷。肥沃丰饶的勐往坝子经历了长期的精耕细作，"稗子"显然已经很少见了，可在勐往一个名叫"野谷塘"的地方，却有着一个面积三千亩的国家级“勐往野生稻保护区”，密林中、湿地里、山坡上，到处生长着药用野生稻和疣粒野生稻，其崇高的科学价值、人文地位和生态人类学意义，使之一直是相关领域内无数学者心目中的圣地。简化来说，当河姆渡、良渚、屈家岭、石峡和龙山等古老的稻作遗址，只能通过显微镜从炭化米中去寻找野生稻的DNA，并以遗传学的方法论去鉴别稻谷细胞质内叶绿体的遗传因子DNA的酶切片中籼稻和粳稻之间的差异，进而继续向时间的上游去搜索两种稻物的祖先时，在西双版纳的照叶林中，在勐往的鱼塘边上，经过了无数次进化与杂交的稻谷的祖先们，还在以最古老的血统生生不息地繁衍着，每一根幼苗破土，天生就拥有着祖先的身份。

稻作起源学，上世纪六十年代，日本稻作研究家渡部忠世根据野生稻的分布，水稻的原始品种和籼稻、粳稻的分化、演变，糯稻栽培圈和原始农耕圈的关系，推论出“籼稻和粳稻以及其他种类的稻米都起源于阿萨姆和云南地带”。他认为稻作由此向长江中下游传播，最后传到日本。往南经红河、湄公河和萨尔温江河谷传至东南亚；往西经布拉马普特拉河传到印度。其学说与佐佐木高明的“照叶树林文化论”互相映照，成了当时日本文化寻根热潮中的显学，云南特别是西双版纳一带也因此成了日本众多文化学者魂牵梦萦的文化源头。为了确认野生稻的种类及其分布，观察其变种，并了解自古以来栽培稻品种的性质，一九八二年十一月上旬，佐佐木高明、渡部忠世、藤井知昭、田边繁治、矢泽进、高桥彻和周达生等人前往西双版纳进行了短期的田野调查。因各种因素的限制，他们一行只能在景洪周边地区进行实地调查，但还是在南糯山半坡村和景洪曼广龙村的山坡上、路边上、水路中和水田里发现了疣粒野生稻和普通野生稻的身影，还在南糯山一户僾尼人家的粮仓中发现了水旱未分化的冷山谷稻种。由此，渡部忠世更加坚信了自己学说的正确性，并在南方丝绸之路、茶马之路、海上陶瓷之路等东亚文明走廊概念之外，提出了"稻米之路"这一概念。当然，也就是在他们为继续夯实"稻米起源于阿萨姆和云南地带"学说基础而奔走的同时，他们的学说被中国学者严文明和王在德，乃至日本学者佐藤洋一郎和藤原宏志等人的研究成果推翻了。同样是一九八二年，《农业考古》杂志发表了严文明教授《中国稻作农业的起源》一文，他认为稻作文明的源头是河姆渡，并且不可置疑。其他中日学者均以河姆渡稻作遗址的诸多研究作为佐证，一场公案渐渐归于平息。人们也又一次趋同于稻作文明由长江中下游反向传播和向四周传播的观点，而视西双版纳的原生稻为活化石，并非文明之源。

汽车在勐往坝子无边无际的甘蔗林中行驶，与勐往农经站负责人李金平聊天时，我提到了一个观点：当河姆渡稻作文明找不到鲜活的野生稻标本作为古老文明的塔基，远在天边的勐往野谷塘却藏匿着众多的文明的母体，这说明了几个问题：一是这天边的土地仍然如岩迈所言，处于创世之初庄严的模样，文明的大江大河还没有彻底毁灭它们的源头；二是当延伸至极端乃至迷失的文明，必须前往勐往这样的地方来寻找自己的魂魄时，也许我们只能用释迦牟尼来应对一切；三是勐往乃至整个雨林地区在错失诸多文明的发展机遇之后，如果又一轮的文明的崛起需要付出犁庭扫穴的代价，我们能否守住这神赐的乐土并同时能与时间同步？

汽车驶离平坝，开始沿盘山路奔向云朵。车窗外昔日生长茶树的山丘，被一片片橡胶林所取代。富有戏剧性的是，几年来国际国内橡胶市场价格雪崩，众多的橡胶林主人割胶之时，树身上流出的是自己白色的血液，而茶叶价格却鬼使神差般一路走高，古树的、环保的普洱茶成了人们日常生活中的绿叶径。

四

一辆运载钢筋的卡车开上山来，其沉重、猛烈的引擎声，在午后曼糯大寨的乡村公路上就像饿虎的咆哮。山西诗人石头、岩迈和我等一行人，受不了它在身后的追随，索性走上一条分岔的草径，躬腰朝着山里行去。除了芭蕉和少部分乔木还泛着绿色，山坡上已是枯草和灰色玉米叶的王国。古茶树没有想象中那么状如密林，它们身上长着苔藓和石斛，零零星星地散布在向阳的洼地或斜坡上。香樟、榉木、栗树穿插其间，感觉就是盘腿而坐的罗汉群里多出来了一些站立的道士。

山上是清静的，就我们几个人。坡地上那些人们留下的痕迹，石砌的沟沿，树干上的刀口，人工挖出的无用的大土坑、丢弃的矿泉水瓶……也是清静的，其突兀的本质已经融入了河山变异的人类的单向运动之中。荒芜，孤悬，处女地，乌托邦换身为异托邦，异托邦又沉沦为习以为常的人人得而诛之的热土。无论你有着怎样的出世之姿，有着怎样的铁石心肠，你都很难无视人们对一片净土的剥皮抽筋和毫无节制的榨取，所以，当你发现那轻微的人与山峰之间的擦痕，人因为劳作的艰辛而对土地报以的一出出小小的恶作剧，你肯定不会站在河山雄阔的立场上对人们进行偏执的审判。一切都是清静的，当我们坐在枯草丛里向下眺望勐往平坝上待收的甘蔗林、反光的池塘与房顶、乡村公路上飞奔的车辆时，进入眼帘的万事万物也是清静的。包括头顶上的云朵，耳畔与芭蕉叶上若有若无的风，烈日与流水，洞穴与高丘。

我曾经到过北方、江南和沿海地区不少的小镇。在这些小镇所印制的地方性文字读物中，无一例外的会列数它们史上文治武功的风流人物、风云际会的史诗性舞台和笔墨反复点染的自然奇观，目的均是为了将一个小地方扩充为时间的故宫或重现小镇往昔一瞬即逝的某个神迹，自满与自傲的文字中间有肃穆、庄严的精神史，但往往又尘土飞扬，处处结了蛛网，腐朽的气息迷雾一样弥漫着，升腾着，对应着现实世界中无处不在的平庸与低俗。在使用文字的过程中，人们一方面破旧立新，敢于与天斗与地斗，孔庙遗址上建宾馆，祖坟之地修社区，另一方面又拒绝赞美这一切海市蜃楼般的物质天堂，频频转过身去，让灵魂回归农耕文明时代的不复存在的古老家园。热爱的，就是鄙视的；拆除的，就是珍怜的，人们置身在了一座座自己与自己决斗的广场上，深渊里。但是，无论那些文字如何的虚拟与粉饰，人们记忆中那一个个天堂里的小镇，作为历史中枢的小镇，再也不可能因为仿古建筑业的勃兴而恍兮惚兮地拔地而起。拆除即终止，倒塌即消失，因为人们早已魂不附体，所作所为皆是灾难性的梦游与自焚。

顺着岩迈指示的方位，在阳光与云朵交织的景象中，我和石头隐隐约约地看见了曼糯山中和山外三条闪光的河流。曼糯山与澜沧山之间的那条名叫“南点河”，释迦牟尼用手杖疏通的河流，坝区里那条名叫“南往河”，释迦牟尼种满稗子的河流；我们正在前往的、已经听得见水声的这条名叫“南叫河”，最宝贵的水，是从释迦牟尼脚趾间流出来的河流。小说家苏童在一次论坛上说我是“狂热的地方主义者”，我欣然接受了这一对我的戏谑性的角色定位，尤其是在此时此刻，当我置身在这样的三条河流之间，感觉自己进入了那三条河流护卫的天堂。南无阿弥陀佛。岩迈不需要撕裂自身就安身立命于现在与过去融通的茶树林中。南无阿弥陀佛。我和石头不需要去陈述性的文字中间寻找镇静剂，就可以看见未来的时空里已经高悬着无数诱人的发光体。

我们气喘如牛，要去拜访的就是南叫河。它在一条整体山脉突然凹陷进而形成的幽森的山峡中。山峡两边的坡地像一本静谧的翻开的经卷，朝南的页面上耸立着巨石，一棵棵麻栗树、大青树伸着曲曲弯弯的苍老枝条，朝北的页面则已改造成台地，秋收之后，稼穑退隐，杂草和长着白穗的山茅草显示着土地未经改造前的面貌。河面的闪光点断断续续，大部分的空间被山茅草、构树和藤蔓所遮掩。那偶然形成的小瀑布，远远望去，像谁家娇野的媳妇在山涧中洗衣晾晒在岩石上的被单或白裙。我们看见了河流，可这一箭之远的距离，在沟壑间上下起伏，行走起来是如此的遥远，甚至多次偏离了方向。这正如曼糯山上原来信仰原始宗教的布朗人，当他们的祖先在天地之间塑造出了八十多个鬼神并虔心敬拜之时，小乘佛教却给他们的祖先带来了让鬼神遁迹的另外的光，而他们的祖先也欣然地接受了这“文明的宗教”，自明朝中后期开始建庙、赕佛，把本来由原生诸神和众鬼掌管的万物心悦诚服地敬献给释迦牟尼，痴迷地朝着光源处匍匐行进，历经了数百年的往生、超度与再生，他们的祖先以及他们以为自己就此生老病死在了人类梦想的终极之处，生命永远隶属于通往释迦牟尼的那一条小径。然而，那一场文化浩劫并没有漏掉这片山野，寺庙被拆毁了，老佛爷还俗了，菩萨被扔到了密林的深处，很长一段时间他们徘徊在通往寺庙的那一条条小径上。是继续向推倒的菩萨垂首？还是将统称为“代袜么·代袜那”的山神、水神、棉神、火神、寨神、木神、鬼神、谷神、保护神、天神、猎神、船神、路神等众善之神一一请回？一九九五年，有几个人从四川和贵州来到了曼糯山上，带来了即将洪水滔天的世界末日的恶讯，也带来了耶稣将派直升机来将人们接到天堂去的喜讯。当时曼糯大寨九十户左右的人家都在徘徊之中抽身相信了恶讯与喜讯，因为有“兄弟姐妹”帮忙干活，人们将所有的家畜、农具和粮食都卖了，加入了世界末日前的狂欢并静候着蓝色天空里飞来一只只天堂鸟……

直升机并没有从天而降，上帝在这种以其之名而展开的带有迷信与幻觉色彩的宗教行动面前始终保持了沉默。所以，随着那几位“传教士”作鸟兽散，像做了一场美梦，人们醒来之后，第一眼，看见的仍然是环绕山峰的三条河流和释迦牟尼应许他们的一片片茶园。

五

去南叫河的路上，长期在五台山一带行吟的石头，按照其惯于独行的秉性，在距河流所在山峡一公路处的岔路口停了下来，四面望望，选择了刺藜交错的那条草径，一个人循着清冷的水声，消失在了几棵泡桐树的后面。岩迈虽然祖上是“龙头”，世袭似的做了村民小组长，可他的汉语远没有我想象中那么流利，与我在山道上做喘息式的交流，越发显得费劲、艰涩，所以，他尽可能地回避我的诸多提问。当我们来到相对宽敞、没有沟壑和树木遮蔽的山峡的边坡上，他的脚步哐啷哐啷的有力，朝着河流就是一阵向下的奔跑。而我只需望着他的背影行走，不再次迷路就可以了。

距河流近了，山上的一条条小径逐渐地汇聚到一起，形成了一条脚印重叠、路幅加宽、路面结实光滑的道路。道路两边，开垦出来的耕地上种着油菜和荞麦，在油菜与荞麦的中央，偶尔会有小屋那么大的巨石，而每一块巨石旁，也照例会有用木棍支起来的祭台，一个个盛祭品的竹篓因为祭日未至而空着，只有竹竿上悬着的黄色经旗在微风里轻轻地拂动着。不难理解，在信奉小乘佛教的同时，其实布朗人仍然没有彻底丢开万物有灵的宗教观，繁杂的有着具体指向的俗务促使他们一直有求或感恩于原始宗教中掌管具体事务的众多鬼神。比如住在石头里的山神可以让这片荞麦丰收，比如木神可以让树木笔直地生长，使之成为房屋的栋梁，而水神负责灌溉又得祈求千万别将整条河流带到一片有限的耕地上来。

南叫河上，人们用几根圆木和几十片木板搭建了一座桥。河是一条小河，从山峡里的石砾与灰泥间流淌下来，水并不清澈，其平稳的河床上淤泥冻结了碎石，呈灰白状。岩迈沿着朝南的页面继续攀登，我站在桥上大约十多分钟，无所思，亦无所想，只觉得它与南糯山、布朗山和勐宋山众多的溪流并没有什么不同，甚至难以与那些石头山上清亮的溪流比美，更不能与雨林中那些落满鲜花的溪流相提并论了。不过，这说的当然只是外象，当一条河流通往神灵，来自释迦牟尼的脚趾间，它即使流淌着肉眼里的滚滚浊流，也必然会汇聚成甘甜的牛奶海。之后，我扒开河岸上已呈败相的山茅草、枯藤，踏着泥泞，走到河边并蹲了下来，用手掠水，本想洗洗脸上的汗渍，一转念，又没洗。这也才发现，南叫河的水其实是清澈的，无尘的，我所看见的灰白色，不是来自水本身，而是来自河床的淤泥与石砾。

在一块有三层楼高的巨石下，我赶上了岩迈。在旁边的一块石头上坐下，我用衣角擦着汗水，见他把鞋子脱下，放到草丛里，赤着脚就去到了巨石下方。巨石所在处是一个有着五十度左右的斜坡，四周全是几百年、上千年的榕树，它们撑开的古老树冠互相组合在一起，将天空隔在了更高之处。因此，巨石显得阴暗，裹在一层厚厚的苔藓内，有几束偶然透过树荫的阳光照射其上，倒像是它自身有着几个灯孔，向外射出几根光柱。我一点也不觉得突然，赤着脚的岩迈，一脸虔诚，闭目，合掌，在巨石下跪倒，头颅垂入草丛，口里似乎还念诵着什么。时间持续了十分钟左右，他站起身来，这才招呼我脱鞋走过去，巨石的下面有一口水井，他一边用竹瓢舀水，一边说，这口井里的水永远保持在同一个水位，谁也舀不完。他没有明确告诉我那是南叫河的源头，但我认定了那是源头。

我们沿着巨石旁边的一条小径朝上爬，先是见旁边的树林里建有一座亭子，里面摆着各种祭品，一条长幡似的布旗之上贴着小乘佛教中一尊尊菩萨的画像。爬至巨石之巅，阳光不再受蔽于树荫，猛然地照射下来，犹如天空里流来了一条黄金之河。我的心脏迅速地怦怦跳动起来，喜悦如电流纵贯全身。是的，巨石顶上立着一座小型的金塔，在阳光里金光闪闪。金塔的旁边，铁一般坚硬的石面上，有着一个惟妙惟肖的脚印。

远征

一

“拉格利，你知道拉格利这个人吗？”

二〇一二年，距拉格利与昭通神父神秘失踪一百四十四年后的一天，在昆明翠湖边的一家茶馆里，建筑规划师章远问我。他的问话让我吃惊，好奇。我还没回答他，他接着说：“墓碑上刻着拉格利名字的坟墓里，埋了两个人……”

二

一八六六年六月，一支由法国海洋及殖民部指派的湄公河考察队，由越南西贡出发。十六个月后，考察队抵达云南普洱，一八六七年底抵昆明，次年初，入东川，经昭通，过金沙江，由四川会理绕道至丽江和大理。几个月后，考察队又由大理返昆明，由昆明重走东川、昭通，至四川宜宾，五月九日，乘船顺扬子江而下，前往上海，六月二十九日回到西贡。考察队的目的是寻找湄公河-澜沧江航运的可能性，留给世人的精神遗产则是代表法国外交部的队员加内沿途撰写的《湄公河考察报告》，世称《加内报告》，以及以海军军官身份参加考察队的画家路易·德拉波特，根据沿途人文与自然景观创作的二百余幅铜版画。在这批铜版画中，差不多有一半作品取材于云南，其中几幅取材昭通、盘河、老鸦滩(盐津)。《加内报告》是欧洲认识湄公河世界的文字之钥，路易·德拉波特的铜版画则是十九世纪中叶东方帝国的边地及其节制国的黄昏画卷。

上面所言，均是公识。鲜为人知的是，一八六八年一月十九日，这支法国考察队抵达了乌蒙山地区也是中国最大的采铜、冶铜和运铜的中心之城会泽。当他们在湖广会馆住下来，稍事休整，准备去参加矿业大王们为他们举行的欢迎晚宴的时候，法国海军某舰舰长、驻柬埔寨大使，也就是这支考察队队长拉格利，一头栽倒在了香软温柔的锦绣床榻上。给人的感觉，一年多的丛林历险，已经让四十二岁的法国壮汉一蹶不振了，精神气质还像阿尔勒时期的梵高，肉体则像会泽烟馆里濒临死亡的烟鬼。海军中尉、考察队副队长安邺看见上帝的使者已经站在拉格利的床边上，以为拉格利已经走到了天堂的门口，便轻声安慰拉格利："上帝保佑您，保佑法兰西，凡是阳光照耀、万物生长的土地，每一寸都是法兰西人的故乡，你就睡一会儿吧。如果你要回去，你的灵魂一定会沿着金沙江前往大海，蹈浪凌波，幸福地回到马赛港……"安邺心情沉重，带着二十几号考察队员出现在晚宴上，他无心于酒饭，心里想，晚宴结束后他就得张罗一场葬礼了。他特意向邻座的人打听，会泽城外的以礼河，是不是真的直通金沙江？他想好了，拉格利一死，就把他的骨灰，撒到以礼河里去。

三

事情远没有海军中尉设想的这么简单。在《加内报告》和安邺自己所著的《老挝云南考察报告》中也都这么说，到会泽后，队长拉格利舰长一病不起，本以为他在抵达的当晚就会死在会泽，人们联系了远在昭通的神父，暗中为其准备葬礼。没想到拉格利的生命非常具有韧劲，气若游丝但游丝不断，看不出病理上的死亡征兆，只好将他留在会泽治病。考察队继续上路，取道昭通，渡金沙江而入蜀地，绕道去了滇西。当时的滇西大元帅杜文秀领导的回民起义正波澜壮阔，处处都是丧乱。四月三日，考察队由滇西返昆明，重抵会泽时，听说拉格利已经病亡……这个陈述，在语言上无懈可击，却留下了不确定的可资利用的线索与空间。事实上，在考察队进入云南那段时间，云南的山山水水之间，已经出现了欧洲传教士的身影，他们以摩西的使命自励，决心在宗教史上谱写一部永恒的“出云南记”。为了发展信徒，他们自创语言翻译《圣经》或把少数民族的偶像植入《圣经》之中，焚膏继晷，苦苦传播福音，力图顺势将不合时宜的思想交给这片丰饶而又荒凉的土地。让副队长安邺一生也难以想象的是，他们所联系的那位昭通神父，听到会泽城传来的欧洲的召唤，当天晚上就去买了一匹马，第二天早上就跟着前往会泽驮运铜锭的马帮上路了。神父到会泽时，考察队已经离开了。

昭通神父是从上海出发，逆行扬子江进入云南的。在湖广会馆见到拉格利，拉格利正处于昏沉的睡眠中，但鼾声非常有力。他折身出门，站在走廊上观看会馆戏台上正在演出的京剧。剧目是他熟悉的《逼死坡》，南明王朝落魄文臣的泣血之作，丧家犬一样的北方戏子家族在云南边地上，代代相传的锥心绝唱。神父在昭通时听过很多次了，次次都为剧中的亡国之痛哽咽，可又次次都觉得，这民间的戏台上应该演出《费加罗的婚礼》那样的快乐歌剧，世界只有牢牢地握在上帝的手中，人们才会明白，欢笑声里，阿尔马维瓦伯爵的东西归阿尔马维瓦伯爵，仆人费加罗的东西就该归费加罗，包括初夜权也在此列。一群在自己的国家当亡国奴的人，在京剧中，也注定什么也不会得到，再悲愤、再孤绝的唱腔，再绝望、再失态的控诉，没有新的思想做支撑，戏子也不知道自己要把观众带到哪儿去，剧作者、戏子和观众集体性缺席于正在降临的天堂，任你如何的肝肠寸断，这京戏终究是挽歌，没什么意义。只会唱挽歌的人，都是鬼迷心窍的人。

神父再次走进拉格利的房间，法兰西舰长正坐在床边的太师椅里喝一碗仆人送上来的热气腾腾的中药汤，抬起头："神父，您这是来给我主持葬礼？您先坐，要死在中国，就得先喝掉这碗味道古怪的中药！"神父笑了笑："用动植物乃至矿物治病，当然也包括巫术，每个民族都有着古老的历史。"接着两个人一齐大笑起来。神父先收住了笑声："我不觉得你是一个坐在教堂门口等死的人，无非受了点风寒而已。说吧，是什么原因促使你丢下自己的考察队？"

晚上，神父又去买了一匹马，想想，又去租了一辆马车。在拉格利的房间里，他指着床上佯装气息奄奄的拉格利，对湖广会馆的管家说："这人快不行了，会泽没有教堂，我得把他带到昭通，亲手交给上帝……"管家正愁这事不好办，叫下人用盘子托上几十锭银两交给神父，抱拳："拜托，拜托了！"下人们七手八脚，几分钟时间就把拉格利抬到了马车上，神父骑着马，还牵着一匹马，很快就出了会泽城。到了无人处，神父把管家给的银子，全给了马车夫，很认真地交代："这些银子够你一辈子开销啦，你就别出来揽生意了，以后有人问起，就说考察队队长，刚一出城就死了，被神父烧成灰，撒在以礼河中了。”车夫得了大好处，忙着弯腰，一再点头称是。滇东北的月亮高挂在路边的白杨树上，神父和拉格利纵身上马，向着昭通疾驰而去。清凉的白色月光里，远去的马蹄声对还在向着夜空鞠躬的马车夫来说，这是他一生听过的最悦耳的声音了。心想钱够家用了，以后拉人，最好不要拉那些血肉模糊的矿尸了，要拉也只拉活人，干点干净一些的事。

四

神父和拉格利后来没有去昭通。官方的宗教史认为，基督教最初传入云南的时间，是一八七五年马嘉理事件前后几年。最早进入云南的传教士，是内地会的麦嘉底、索尔陶和史蒂文森等人，最早进入昭通的传教士是索理仁，时间是一八八三年。著名的传教士柏格理则是一八八七年才到昭通和贵州威宁的。事实证明，上述时间是值得商榷的，否则一八六八年春天出现在会泽并带走拉格利的神父就该划入野史，他不在官方视野之内。他的身份像索尔陶和史蒂文森，这两个人进入云南的时间，说是马嘉理事件前几年，到底是几年，只有上帝知道。如果是事件发生的前七或前八年，就与昭通神父出现的时间相吻合了。不过，对于这个昭通来的神父，我倒是希望他是宗教史之外的，是传教士大军中的闲云野鹤，没有时间管束的匿名者。出现了，又消失了，而且背负着对《加内报告》中拉格利之死的说法进行举手反对的权利。他置身于历史中，又是悄悄篡改了历史，让历史失真的那种人。让人无解的是，他还拒绝发言，成全了历史的谬误，打消了渴望质疑历史的人的求真念头。

历史包括宗教史都是绝情的。银子让马车夫闭上了嘴巴；《加内报告》中说，拉格利病亡了；湖广会馆的管家从马车夫口中得到的口信是拉格利死了，骨灰被传教士撒进了以礼河。几条线都到了尽头上，全给出了结局，却没有人追问，那个昭通神父他没有转回昭通，那他去了哪儿呢？柏格理神父以昭通为基地，在云南发展了两万多信众，这个神父能力有限，但至少有三五个人听他布道吧，这几个人怎么也人间蒸发了，对神父的消失毫无反应？

神父的消失之谜，有三种可能。神父与拉格利在白茫茫的月光下策马奔向昭通，路上被土匪杀了或因其他什么意外死了。另一种可能，进入会泽与昭通之间的牛栏江大峡谷，落脚于某个与世隔绝的小村庄，他们忽然发现，这十多户与世隔绝的人家，或许才是上帝一直在寻找的子民，他们就停了下来。第三种可能，他们骑马直接去了四川宜宾，上了船，本来想回故乡欧洲，结果就此下落不明。这三种可能之外，我们还可以说出无数的可能，但都仿佛在盲人或聋哑学校的课堂上让学生猜谜。

五

章远对拉格利和昭通神父一无所知。之前他对法国澜沧江考察队也只是知其皮毛，看到过部分路易·德拉波特的铜版画。令人不可思议的是，因为规划和设计一个新景区工程，在翻阅一份上世纪六十年代的建筑档案时，他读到了一份破除一座传教士坟墓的记录材料。坟墓的主人就是拉格利。材料是混杂在加密的建筑档案中的，可以视为办事人员追求档案完整而添加进去的。作为一个优秀的建筑规划师，章远在惊心动魄的持续了近二十年的造城运动中，没有像其他规划师那样获取巨额财富。人们在不同的场合夸赞他，把他规划和设计的市政及民生项目当成范本来推广，但又很少将新建项目交给他去做，而他也自命清高，即使遇到了他认为有人文精神，值得自己为之付出心血，并且也肯定能做成地方建筑史也绕不开的项目时，只要业主心有旁骛，存取悦经济美学之念，或在拆迁等重要环节上赋予建筑本身超标太多的暴力元素，给再多的规划设计费，他都会选择回避。这不是一个建筑圣徒为自己树碑立传的年代，没有一个项目不是仓促上马，没有一个项目不追求速战速决，也很少有一个项目是原创的，拒绝复制和抄袭的，让人坐立不安的是，似乎所有项目都存在着搂草打兔子的嫌疑。格物、良知、科学和人性化等底线上的常识，都被丢弃在了拜物教大军疾速前进的道路两边。在西方建筑界，不少的建筑大师一生的设计作品，体量上只有几万平方米，甚至更少，中国则大相径庭，设计院设计事务所和个人工作室里一个最普通的设计师，一年设计的建筑物都可以达到几十万平方米甚至更多。量多了，度与衡翻窗逃走了，所以，在章远看来，当自己交不出顺从与盲从的人格代价，承受不了时间与道德的双重审判，即使金沙江里流淌的全部是黄金，自己也驾驶不了采金船。

章远接手的新景区工程，地点在牛栏江下游，距金沙江只有十多公里的峰丛里。那儿人烟稀少，每条山路都是畏途。

所谓无限风光在险峰，到过那儿的人，远可眺望浩浩荡荡的金沙江和莽莽苍苍的四川大凉山，近则可以俯瞰天崩地裂的牛栏江大峡谷，充分体认孤峰和深渊之上胆战心惊的自豪感和失重感。第一次接触这项目，到实地一看，章远掉转车头就走，打的是退堂鼓。理由有两个：一是在他看来，这些开天辟地以来就存在的山河，就应该地老天荒，谁也别去动它们；其二，他觉得自己的襟抱格局和气象，自忖身无天工，也悟不了天机，更不敢违天意，无法对此河山进行规划设计。当时，投资人也没拦下他，站在山丘上微笑着目送他的汽车远去。心里却认定，这活计看来只有章远能做了。不过，在投资人眼中，章远过于冲动了，他应该稍作停顿，在峰丛谷地间走走，了解一下真实的情况再做决定。

六

章远回到昆明，三天后收到了投资人叫手下专程送来的一个档案袋。袋里附了投资人的一封信，大意是，我们远远看见的多少锦绣河山，包括很多山水圣地和精神祭坛，只要你置身其间，你就会发现它们早已是残山剩水，千万别以为我们这一代人未曾抵达的地方，就不存在上一代人的历史。这种误识和漫不经心，只会献媚和讨好残忍的时间史，让我们失去反省的机会，同时，还会成全某些人试图删除自己历史痕迹的梦想……

投资人名叫刘一苇，取一苇渡江之意，年轻时写诗，后改写小说，一九九〇年代初改做生意人。他的老家就在那片峰丛里。章远看完档案资料后，驱车重返设想中的风景区，没有通知刘一苇。刘一苇知道章远已经进入他老家所在的地方，也没有去陪同。他们两人，一个人想自己独立地去识别，另一个人不想把自己的意志输送给别人。

这一片峰丛，以前是有名字的，莲花山。一九六〇年代，一位地方大员来到这儿，对手下人说："什么莲花山，这儿没有名字，就叫无名山吧。"无名山里，有几座苗族村寨和一座教堂，地方大员对手下人说："这儿是荒无人烟的地方，教堂拆了，村庄迁走。"后来，莲花山区果然就变得荒无人烟了。那时候，刘一苇刚刚三岁，坐在母亲的背篓里离开了故乡。章远不知道这段历史，进到荒村和行将倒塌的教堂，他没有感到吃惊，沧海桑田，万户萧疏鬼唱歌，类似的场景什么朝代都有。让他震惊的是，建筑档案里所说的"建筑"，在一座又一座的摩天峰峦下面，还有数不清的相对低矮的山峦。站在远处眺望，这些矮山峦是看不见的，隐身的。它们中间的十六座，山顶上全都屹立着用钢材焊接而成的雕塑作品：一艘艘巨大的红色船舶。群雕的名字叫《远航》，立意很光明，意思是云南高原就像一片汪洋，生活在这片土地上的十六个云南独有的民族，一定要团结一心，扬帆远航，共同驶向幸福的彼岸。档案资料显示，铸造这十余艘船，总共用钢一千多吨。用肩头把钢材沿着一条山路运送到这儿来的人，不是刘一苇的父辈，而是从几十公里外的村庄里精心挑选的壮劳力。他们在山顶上扎下营寨，花了一年多时间，才把钢材送运完毕，代价惨重，有八个人连人带钢掉进了牛栏江大峡谷，尸体都没有找到，也没人去找，去找也是徒劳。平均下来两艘船所用的钢材，就有一个人为之付出生命。建立这个档案的人，曾经采访了三个搬运工。

问："昨天又死了一个人，你们有什么感受？"

一个叫张小虎的人抢着回答："人固有一死，或重于泰山，或轻于鸿毛……"

另外两人，一叫刘福贵，另一个叫朱天云，两人应和："就是，就是！"

问:“这种活计与在家劳动，哪个更苦更累?”

朱天云抢着回答:“都苦都累，但心里很高兴，非常高兴。”

张小虎与刘福贵应和:“就是，就是!”

问:“你们知道这钢材运到山里去是做什么用吗，想知道吗?”

这次回答的是刘福贵:“不知道，没人告诉我们，你也别告诉我们，反正是有意义的事!”

张小虎和朱天云应和:“就是，就是!”

问:“听说下面的工程建起来，不允许一般的人去看，因为这儿是无人区，你们熟悉道路，会不会悄悄跑来看?”

三个人齐声回答:“请组织放心，我们不会!”

章远在阅读这则访谈的时候疑窦丛生，这样的雕塑作品在当时应该说主题非常具有时代性，建档案的人为什么要传达出雕塑不向世人公开的信息？为什么不公开？后来公开了吗？当他行走在十六艘巨轮下面，荆棘、古藤、泡桐和野草组成密不透风的屏障，让他每走一步都得费很大的劲时，他知道这群雕从来没有向外开放过，难说也没有对外宣传过。所以，再次见到刘一苇，他只想知道建这个群雕，趣旨高远却又不让人欣赏，这里面藏着什么秘密。

刘一苇告诉他："没有任何秘密。几个村庄迁走了，教堂拆除了，代之这些钢船。"

章远说："我想，是不是当时想在那儿建兵工厂之类的设施，群雕只是个前期工程？"

刘一苇说："我也有过类似的猜想，特别是当我知道三个雕塑家后来都被批斗至死的时候，我觉得这群山里一定有不能让人知道的绝密设施。可是，后来我通过大量的调查，发现什么设施也没建。"

章远说："这就太荒诞了！"

刘一苇将地方大员把莲花山改成无名山的过程跟章远说了一遍之后，又接着说："据我对当事人了解，实际情况是，这个地方大员在给山改了名字，又叫人把村庄迁走后，在一个会议上，对手下人说，那个教堂拆掉了，一种信仰也就消失了，我们要让上帝知道，另一种信仰是钢铁做成的，它在荒无人烟的地方也能永垂不朽。我们不搞哗众取宠那一套，那山多像汪洋大海啊，我看，我们就在山头上建造十六艘钢船吧！"

刘一苇还告诉章远，这个华而不实、异想天开的地方大员，后来也在政治运动中被人拉下马，新上任的接替者一度想把他张罗的群雕对外开放，只觉得有什么不妥，便没开放，甚至让人们严格保密。因为这个接替者知道，这种政绩工程，难说不会让前任咸鱼翻身，东山再起。

说完，刘一苇塞给了章远一本日记。告诉章远："教堂的神父传下来的，估计你会有兴趣。"

七

随着规划工作的深入，章远在一座山峦上找到了建筑档案中所说的神父墓遗址。墓址上代之的是一艘红漆斑驳的船。墓碑被砸成了几块，扔在旁边的草丛中，快被腐殖土和厚厚的青苔掩盖了。花了很长时间，出了一身汗，他才将墓碑清理干净。将几块碑石拼起来，上面刻着的"拉格利之墓"几个字还很清晰。建筑档案中所说的墓里埋的是两个人，碑石上没有文字记载。在他扒开草丛和翻动腐殖土的过程中，还翻出了一些没有燃尽的蜡烛和几朵塑料玫瑰。他斜靠在船体上给我打电话，问我为什么建筑档案中会说，墓里埋了两个人，碑石上却只有拉格利的名字，那个无名的人是谁？

我告诉他，一定是昭通神父。他沉默了一阵，我手机里能听到他那儿翻卷着的猛烈的风声。挂了电话，章远坐在船底旁的草蓬上，翻开了刘一苇给他的拉格利用中文写成的晚年的日记。在日记的扉页，写着“民国三十八年”，一个叫马古太的神父，抄录了奥登写于一九三六年的《葬礼蓝调》一诗：

停止所有的时钟，切断电话，
给狗一块浓汁的骨头，让它别叫，
喑哑了钢琴，随着低沉的鼓，
抬出灵柩，让哀悼者前来。
让直升机在头顶悲旋，
在天空书写他已逝去的消息，
把黑纱系在信鸽的颈项，
让交通警察戴上黑色的手套。
他曾经是我的东，我的西，
我的南，我的北，我的工作天，
我的休息日，我的正午，
我的夜半，我的话语，我的歌吟，
我以为爱可以不朽，我错了。
不再需要星星，把每一颗都摘掉，

把月亮包起来，把太阳拆掉，
将大海倾泻一空，让森林不再存在，
因为什么也不会，再有意义。

八

从拉格利日记中，我们终于知道昭通神父的中文名叫唐念一，英国人，其英文名仍然无从查考。一八六八年一月底的那天晚上，他和拉格利与马车夫分手后，借着月光，并肩策马向着昭通的方向行进。一路上，唐念一保持着英国人的古板与教条，大概讲了自己在昭通传教的情况，初步认为这片苦寒和长年杀戮之地，人心粗硬，急需上帝的恩膏与奶蜜，但又不能急于求成。法国海军舰长却无心聆听摩西式的教义，没有了考察队繁杂的事务，特别是卸下了肩头上二十多号冒险家的生死重责，他获得的是刑满释放般的自由与狂喜，只想策马飞奔，对着月亮唱歌，在群山之巅长啸，当然，如果条件允许，他还想大醉一场。

十九世纪中叶，由于铜运需要，由东川至昭通的官道几经扩修，坝区路段可容马车和牛车行走，但从適车转入红土垒起的群山之后，路就变窄了，处处都有鬼门关。凌晨时分，他们行至迤车时，北风越来越紧，月亮不见了，前方尽是黑黝黝的山峦。见路边有一家亮着松节灯笼的客马店，唐念一对拉格利说：“今晚就住这儿吧，明天再走。”两人下马走向客马店，店主是个土著，顶着一团蓬乱的头发迎了上来。给马匹买了些草料和黄豆，拉格利一脸堆笑地问唐念一：“能不能让他给我们上一斤酒，两条羊腿？”在云南的土地上行走了几个月，这家伙已经爱上了玉米酿制的烈酒，劲大，味重，几碗下肚，人就到了逍遥津。唐念一稍有犹豫，海军舰长就用肘子击打他的背心。

客马店其实就是两间面积很大的木棚，一间拴马和堆放客人运送的物资，另一间则在地上扔了厚厚一层松毛和稻草，让客人自行裹着自带的羊毛披毡缩身而眠。与拴马那间稍有区别，这间面积更大一些，墙角支了一口大铁锅，羊肉和羊杂碎整天都炖着，铁锅边有一个火塘，有几张松木桌子和几条长凳子。酒和羊腿上到桌上，拉格利伸手抓了一只就开嚼，唐念一则往火塘里投了几截松木，先让火旺起来。正是冬天，店外北风开始怒吼，土垒的墙壁上，一条条伸得进指头的裂缝里，吹进来了一颗颗雪粒，寒气如乱箭一样在屋子里飞窜。

骑马时满身冒出的热汗，一下就冷却了，身体就像装在了一个人形的冰盒子里。正想补上一天的晚祷，拉格利夹杂着肉末的口味就喷到了唐念一脸上："快吃，快吃！"

一只肥硕的羊腿吃到一半，两个人便开始喝酒了。火塘里的火不足以温暖他们，只有靠酒。一斤不够，他们又要了一斤。酒一多，话自然就多了，声音也就大了，结果把一屋子的赶马人、盐巴客和边陲兵卒全吵醒了。特别是那些盐巴客，其实就是些挑夫，下四川，上云南，一担盐巴在肩，干的是体力活，如果晚上睡不好，第二天脚下就飘，额上就全是虚汗。这晚刚入睡不久，没想到来了这么两个金发碧眼、满口胡话的怪物，气不打一处来，开口就是一阵乱骂。见两个家伙没有停下的意思，有两个年轻气盛的后生，干脆提着扁担走了过来，还有边卒起哄似的问年轻挑夫："嗨，我这儿有刀，要不要？干脆杀了这两个不人不鬼的东西！"唐念一自觉理亏，但也想不到这些贩夫走卒人人都满身戾气，只好站起身来，用流利的汉语向大家道歉。一屋子的人接着睡，两个人则抬了一张桌子，两条木凳，到马厩里接着喝，接着啃羊腿。喝第三斤酒时，两人都迷糊了，倒在地上，互相搂抱着，呼呼睡去。第二天中午两个人差不多是同时醒来，两人还紧抱在一起，身上的白霜凌还没融化，马厩里只剩下他们的两匹马，一阵接一阵地呼出团团白雾。他们各自松手，有些尴尬却也有着异样的快意。翻身坐起来，回了回神才站起身，走出马厩。客马店的外面，积雪有一尺多深，坝区和群山一片雪白。店主人正在门前宰杀一头黑山羊。只见他把手从羊嘴里猛然地伸进去，山羊一阵狂跳，还来不及挣脱店主，店主的手往外用力一拉，一颗鲜红的羊心已经来到了体外，被扔在了雪地上，有节奏地跳动着，散发着热气。原计划两人吃些羊肉就将继续上路，见了这场景，双双瘫软在雪地上，背靠着背，不停地呕吐起来。一种透骨的恐惧抓住了他们，感觉也有一双手抓住了他们的心脏，正在往外用力地拽。

在此之前，拉格利没有想过，撇开考察队之后自己将会去做什么事，舰长生涯中的远海孤独，湄公河-澜沧江考察之旅所承受的巨大风险，已经将他体内的使命感和英雄主义消耗一空。一脚踏上云南的土地，他开始怀疑考察之后可能出现的殖民与征服的价值，也怀疑自己远在天边的身份。从普洱到昆明，再到东川，陌生而又神秘的东方帝国只是让他领略了一下边地上的文化余晖，他内心的征服者的欲望就消失了，而山川之间异美的景致，丰富多元的板块风俗，则让他产生了身在天堂的幻觉，他再也不想走了，什么也不想了，只想把后半生的时光花在这片土地上。以病欺骗考察队，他想的是把队长的职务交给年轻的雄心勃勃的安邺，没想到安邺不仅信以为真，以为自己真的要死了，同时还给自己带来了一个英国神父。他把这些均视为耶稣基督的恩赐。呕吐完胃中残留的羊肉，唐念一开始对着灰茫茫的天空祈祷，拉格利则从雪地上站了起来，从店主那儿买了张羊皮，把丢在雪地上的羊心，先用雪团包住了，再用羊皮包裹起来，系了根牛皮绳，背到了身上。少年时在巴黎他曾在教堂里接受过圣水的洗礼，这一次，他要求唐念一，用滇东北的白雪再给自己施洗。店主夺取羊命的方式和雪地上的羊心，没有让他觉得脚下的土地是不洁的，恐怖感消散之后，他第一次感到自己的生命中也存在着一个圣摩西。

重新上路，雪太厚了，两匹马走得很慢。拉格利问唐念一："除了你之外，昭通还有多少个神父？"

唐念一说出了一个数字，拉格利就对唐念一说："我们不去昭通了。刚才我查看了一下地图，翻过前面这座山就是牛栏江了，我们可以沿牛栏江而下，在靠近金沙江的地方找个村庄住下来。进可以入四川凉山，退可以依靠东川和昭通，还可以顺金沙江而下，去巴蜀、华南和华东……”

九

章远读完拉格利日记后，曾经问过刘一苇：“拉格利和唐念一在你祖上居住的村庄住下来，人们接受了他们的教职与教义，怎么也接受了他们之间慢慢生出的同性之恋，而且还把他们葬在了一起？”

刘一苇回答说：“从宗教的角度看，他们是上帝的特选子民，是福音的传递者。可是，在世俗生活中，他们又是两个孤悬在一片飞地上的欲火炽烈的需要爱情哺乳的凡人。他们传教的动力，到了最后，或许正是来自他们之间那份爱情的宗教。我们祖上的人们尊重这份我们认定的不齿之爱，后来接替他们的传教士还觉得是因为这爱，他们才更加的圣洁。”

两个人在说到新景区的规划与设计时，投资人刘一苇认可了章远所做的方案，支付给章远的佣金，足够章远一生的开销，再也不用涉足建筑规划设计界。方案就是一句话：“绝不修路搭桥，也不拆除红色钢船，除了重修教堂和神父墓之外，什么也不做。”没有方案和蓝图，也没有论证会。作为朋友间的交往，回到昆明后，章远来找我，拿走了我珍藏多年的法语版的路易·德拉波特的铜版画集，他把它特快专递给了刘一苇。刘一苇进一步索要安邺的《柬老考察报告》和《老挝云南考察报告》及加内的《加内报告》，章远又从我这儿拿走了它们。

刘一苇把恢复重建的教堂建成了一个博物馆，内容涉及了法国湄公河考察队，经章远介绍，专程到昆明找到我，希望我能给他写段文字。我向他推荐了对考察队有深入研究的小说家雷杰龙。雷杰龙写了一篇名叫《路易·德拉波特的铜版画中的云南》的文章，交给了刘一苇，并且发表在了《边疆文学·艺术云南》杂志二〇一三年第五期上。遗憾的是，这篇文章也错误地认定，拉格利一八六八年病死在了会泽县。

基诺山地名诗意考

滇南群山中，很多兄弟民族的母语均系孟高棉语系。从外形上看，该语系的字符类似于密码，也似杂草丛生的地方铺天盖地的羽虫，细碎，迷幻，互相勾连，感觉它们除了字符本意之外，还别有奉命。如果你进入了这个语系的覆盖区，在村庄里、火塘边、广场上、荒野中、道路的尽头、空山、墓地、寺庙，听到这一语系的使用者开口说话，无论他们是老人还是孩童，是僧侣还是妇人，是乡干部还是行踪迷离的文身师，是巫师还是与女神结婚后一生独处的未亡人，你都会发现，他们的语调、音质和开口说话时的表情，全都带有独白的性质。语调如雨林中层层落叶间的小溪流，若有若无，像游魂路过；音质似隔山听见的鸟啼，也似众蝉鸣响中突然迸出的白鹇之音，不经意地出现了声音的异响，不经意地又倏然地被空谷收走，仿佛灿烂的女神在彩云上现身；而他们说话时的表情，统一地有着善意与羞涩，又统一地对说话没什么兴趣，诉求少之又少，说了，说多或说少，意思表达后，说话的自身功能迅速作废。在与他们交流的过程中，你明显地能够觉察到，他们没有什么想告诉你，也没有什么一定要问你，他就是一个独立王国，所有的话语均是家传的宝物，让你看一眼，他马上就要藏好了。当然，他们与他们相处，吟唱史诗、鲜花盛开的山顶上对唱情歌、田间地头互相调侃、巫师命令人与鬼通话、婚宴或葬礼上纵情歌哭、人迹罕至的林莽中结伴猎象、一次次的部族间血仇伐异、一场场抵挡汉人血洗而肩并肩站在一块儿、寺庙里诵经，他们的语调、音质和说话时的表情自会别开生面，语言回归语言，语言即是他们的传说与故乡。

他们中间，有的民族有语言也有文字，有的有语言没有文字。为此，在他们生活的原野、山谷和雨林中，涉及对衣胞之地及其每个具体地点的命名，有的地名限于语言，有的地名则有文字。基诺山是基诺族人的世袭之地，这个民族有语言而没有文字，所以，我下面介绍的这些地名，均是文化人类学者们在田野调查时，根据语言翻译成汉语的。在众多的地名中，也存在这样的异象：有的地名，比如“鬼谈恋爱的地方”，或许是因为文化人类学者在聘请基诺族人进行现场指认时，根本无法记住基诺语中的读音并进行直译，只好将语义直白地作为了某个幽僻之所的地名。反之，如“基诺洛克”，其基诺语的本意是“舅舅的后代生活的地方”，但因为文化人类学者指认之处就是一个山中小镇，而“基诺洛克”几个音符也容易记住，便将那个山中小镇命名为“基诺洛克”。这样的命名方式，确实有很大的随意性，可对我而言，因为知识法则的缺漏或被省略与篡变，它所造成的迷局，反而让神秘主义者得到了一片五彩缤纷的土壤，也让我任性的解读具有了自然而然的合法性。天下有如此多的飞地，亦有神灵才能数清的无数原生文化源流，亟须汩汩流淌的新血注入，我以其中一片在铁匠女神消失之前建立自己的一座荒野小庙，这应该不会受到司杰卓密众神的诅咒。

一、鬼谈恋爱的地方

“几勒河”是基诺山山地民族人鬼体系中的冥河。按照他们绝壁般雄峙的个体文明所示，在时间之河的上流，祖先群体中的神灵、鬼魂和活人曾经在某个金灿灿的黄昏，坐到了一张堆满了象拔、熊掌、牛头和麂子肉的餐桌上。美酒掀起香风，木鼓响如雷霆，他们享受着创世般的狂喜，但也各怀抱负。神、鬼、人混居，人尊称鬼为大爷，神喊鬼叔伯，鬼又与人称兄称弟，此神，此鬼，此人，彼神，彼鬼，彼人，伦理错乱，道统归零，神有时像鬼，鬼有时是人，而人又常常成了神，神没了尊严，鬼没有鬼的鬼样子，人则装神弄鬼，像极了汉人字典里的魑魅魍魉。哦，汉人的字典，神出鬼没、人鬼不分、鬼使神差、鬼鬼祟祟、鬼蜮伎俩、鬼头鬼脑、牛鬼蛇神、妖魔鬼怪、鬼话连篇、心怀鬼胎、装神弄鬼、瞒神吓鬼、神鬼不测、鬼怕恶人、鬼哭狼嚎、疑神疑鬼、神头鬼面、鬼迷心窍、孤魂野鬼、神运鬼输、神牵鬼制……几乎没有一个是好词，而且，这些词语中，几乎都是用鬼来说事，鬼让神与人无端蒙冤。毫无疑问，基诺山里的鬼均是好鬼，与神与人均是血缘婚姻里的亲人，可总是这么天天共同出没于同一座山头，晚上又同睡在一间大房子里，男人与女鬼产生了千古之爱，鬼与神一言不合大打出手，秩序空前的混乱。为此，即便不仅仅只是为了让山脚下窥伺的汉人闭上嘴巴，只为本民族的子嗣能建一座通天塔，在瘟疫与瘴毒密布的雨林中找到一条永生的活命之路，人、鬼、神三方在此不朽黄昏，壮丽的落日收回光芒之前，必须分开来居住。这一个觉醒，我认为是云南山地民族古代文明史上最伟大的神话，而他们也果然在那一个黄昏，人、鬼、神均没有醉倒之前，分了家，划出了神住的地方，人住的地方，鬼的数量最多，人与神所在地之间所有的土地全供他们游荡。当然，为了显示神界的不可擅入，他们决定以几勒河为界，人与鬼只有渡过了没有船只的几勒河，才能进入神界，接受神灵的挑选。其他民族也有不可冒犯的神话，但这些神话中的神界、人间和地狱往往都是抽象的，仿佛出自瑰丽而丰饶的想象力，基诺山山地民族则不同，他们的神界、鬼国和人间都是具体的，可以指认的。现在，只要我们到了那座山上，人们就会告诉你，所谓神界就是孔明山，所谓人间就是杰卓山一带，之间旷远辽阔的雨林，就是鬼国，而几勒河就是流淌着翡翠与白银的小黑江。如果我们从基诺山乡出发，驱车前往以小黑江为界的孔明乡，汽车穿过雨林，小黑江上已经建起了水泥桥，两个小时的车程，就可以从人间穿过鬼国继而抵达神界。在公路没有修通之前，从杰卓山的人间去孔明山的神界，雨林里的鬼国之路其实无路可言，人们只能带上砍刀，朝着小黑江和孔明山的方向，一路伐开密不透风的丛林，在震耳欲聋的蝉鸣声里，经受着黑雾似的毒蝇的袭击，苦不堪言地朝前行进。到了小黑江边，万花护岸，碧水南流，洗掉一身臭汗之后，在河岸上寻找独木桥的时候，人们就会到达一个地方，它的名字叫“鬼谈恋爱的地方”。这个地方其实是雨林伸向江心的一个半岛，也称为“江舌”，上面除了长满雨林中千奇百怪的万千植物之外，靠向江水的那条优美的弧线上还生长着白茫茫的芦苇。由于有了这个半岛，小黑江的江面到此便收缩了很多，人们都乐意在此渡江而奔神界。按照山地民族古老的情爱观，人鬼神虽然分家了，只要在人世上兄妹之间没有血缘婚配，人变成了鬼或神，经过了鬼国与神界的洗礼，人间的哥哥与鬼国或神界的妹妹是可以成亲的，因为爱，人间、鬼国和神界是互相开放的。人与鬼神可以相爱，鬼与鬼，鬼与神，神与神自然也不犯禁，尤其在神界，那儿已经消除了人鬼世界中所有藩篱，凡相爱者都可以举办天上的婚礼，尽管他们在人间的前身可能是母子、父女和兄妹。可是，去往神界，任何童年期的文明均会设置鬼门关，除了这条几勒河或说小黑江的阻隔之外，山地民族也定下了其他的铁律，比如凡一切非正常死亡者不得前往神界，每一个人均得在人间历尽自己苦难的俗命，殉情也在禁忌之列。再比如即便一个人死而为鬼，要入神界，必须历经诸如猎杀、耕织、炼铁等鬼国严苛机构的修炼与考核，亦必须得到某个伟大神灵的座下为徒并得到他的嘉奖，洗净了一身的血污与宿仇，方可向往。显然，人世间并没有多少为情所累的俗人符合这些条件，因而那鬼国里总是哀声四起，怨声载道。这个半岛，它就成了登神界之人的港口，白衣胜雪，在白茫茫的苇丛映照下，飘飘成仙，朝孔明山而去。同时，也不乏数不清的欲火焚身的鬼魂，云集到了这儿，鲜花在没完没了地散发浓香，鸟叫在不管不顾地动人肝肠，而碧水又在冥顽不化地提醒春光流逝，鬼又端庄不起来，这半岛岂能不是放浪形骸的温床？雨林中，常有通灵者往返于人鬼之间，他们说，每次从那儿路过，那盛大的鬼恋声浪，国营农场大礼堂里的集体婚礼根本无法与之相提并论。

二、巴漂，巴波，巴吕

看到大象群从山谷中走过，空气震颤，山峦发声，草丛中留下比拳头还大的一坨坨粪便，异乡人总会激动得浑身打颤，以为自己来到了巨人国。其实，在有关巨人国的诸多空幻文字中，人们又总是患上了想象力衰弱症，一个劲地强调体形、力无穷和正义感，鲜有人在这片无中生有的国土上，以旁观者的身份想象并估量出这个族群与大地之大最搭配的语词重量，以及他们永远流不空的血液总量。在我惊惶颠沛的冒险家的精神蝶变历程里，俗国的狼烟或炮仗已经是吸饱了灰烬的风，一头的白发不再为之凌乱，倒是某些孤悬的僻野因其有着巨人国的部分特质而被我视为无中生有的净土，基诺山无疑是少之又少的净土中的一块，至少它应该被视为净土的拜把子兄弟。在这座舅舅当道的山上，第一个命名的地方是“司杰卓密”，也就是后来神灵居住的神界。司杰卓密，基诺语，直译汉语的意思是：洪水退去后，木鼓停靠，并建立起来的村庄。显而易见，在基诺语中，司杰卓密是一个联合词组，当其意思非常生硬地转换为汉语，我们大致也能将这个被命名的村庄与《创世纪》联系起来。事实上，这也正是这个山地民族以其特殊语言呈现给世界的他们民族血脉的源头：世界曾经洪水滔天，所有的人都死去了，只剩下其始祖玛黑和玛妞两兄妹。他们钻进了一只巨大而神圣的木鼓，在巨浪间漂泊……洪水索命，幸存者乘坐的木鼓最终停在了基诺山的一个冈丘上面。这个传说与其他民族的传说大同小异，均是以洪水、兄妹、逃生、繁衍作为关键词，至于后来成为图腾的用来逃生的器物，基诺是木鼓，其他民族换成了葫芦、木船、骏马、老虎、山洞等。按照另外一些民族的做法，司杰卓密这个村庄不仅是真的有人居住的，而且应该建一座供万人朝拜的神殿。令人意外的是，基诺族人的神话传说中提及的很多虚空之物均可对应人世间的实物，唯独这个司杰卓密虽然可以坐实为孔明山，可它那木鼓停靠的顶峰根本不可能有村庄，更不可能建一座神殿。这是不是意味着铁血庄严的神殿时代，这儿乃是一片荒芜，甚至连万物有灵的泛神论在此仍然没有获得自己的星空？出没于这座群山的文化人类学者，无人给出答案，他们寄居于世界上不同的角落，却众口一词：当人们发现这座山上存在着一个族群的时候，这个族群尚处于原始社会，时间竟然是一九五〇年代初期。这真是一个可怕的结论，大家仿佛勾结在了一起，瞬间就将一个可以在自己的史诗中理性地分割人、鬼、神三界的民族定性为雨林中突然走出来的一群人，其民族史就是一部茫茫黑夜漫游史。而更可怕的是，基诺语没有文字，竹简上、石头上、木牌上、构树皮纸上，他们拿不出任何记载文字，向人们交代其祖先及其最初的子嗣在走下司杰卓密的高冈之后都干了些什么，之后又是怎么在祸害无穷的雨林中繁衍生息至今的。触目惊心的是，从司马迁的《西南夷列传》开篇，之后有弹雨般的汉字写过包括基诺山在内的广袤的“夷边”，阵阵弹雨没有善意，均将山野之人作为人的身体部分一一射杀，继而毫无道德感地夸大他们的动物属性，把他们放逐于猪狗之间。与此同时，很多带毒的汉字也会流露出这样的信息：公元某某年，瘟疫流布，山野间尽是腐尸；公元某某年，又是瘟疫，某某城沦为死城……二〇〇〇年，我第一次前往基诺山、倚邦山、莽枝山、驾布山和司空山，雨林中，曾目睹了一座座瘟疫毁灭的古老村庄。上海一百年时间由渔村发展为大都市，雨林中万人聚居的村庄则可能一夜之间变成荒野。光绪年间，一支法国探险队沿澜沧江北上，过西双版纳、普洱、玉溪、昆明，最后经昭通借长江航运而离开。探险队中有一位画家名叫路易·德拉波特，他沿途留下了很多写实的画作，其中一张画的是战乱之后荒野上密密麻麻的棺木……这些真实的历史事件，对基诺人而言是“茫茫黑夜”，不幸的是，他们属于一场场瘟疫和战乱的组成部分，谁也不知道在此被遮蔽的漫长时光内，他们每一个人身体里到底要有多少吨血液才能保证向外流淌，同时又该有多高的精神身高才能消除孤立并与庇护自己的彩云结伴而行。是啊，他们的确身陷于不可知的黑洞之中，具有讽刺意味的是，在我们认为他们置身于荒烟蔓草的原始社会之时，有几位测绘人员走进了基诺山。三个村寨最先被画到了白纸上，问起村寨的名字，人们告之：巴漂，巴波，巴吕。好奇的测绘员问随行的翻译它们是什么意思？回答：初恋、热恋、结婚。我想象不出那几个测绘员在听到如此回答后有什么反应，可当我读到这份资料的时候，我觉得自己似乎找到了破解基诺山的金钥匙，没有看见阳光穿透笼罩在基诺山头顶上的黑雾，反而看见了一束束光芒从基诺山的地面向上照射并穿透了头上的黑雾。文化人类学者认为，初恋、热恋、结婚这三个村庄的名字，一定是起源于玛黑和玛妞两位始祖的情爱历程，人们用于村庄之名，意在纪念。那茫茫黑夜中的事，他们是怎么知道的？请拿依据来。以知识逻辑去算计这三个村庄名字的起源，我们可以总结出很多种可能性，但我相信全都是鬼扯。基诺山上还有这样的地名：洗下身的臭水潭、白疯马在的地方、伸着手的大青树、巫师烧帽子处……我们的知识固然无所不能，但能准确地找出这些地名的缘起？我只相信这是一支亦真亦幻的军队，他们遵循了天律与山规，最大限度地激发出了生命的能量，以想象中的欢乐武装自己，从而在地狱中建起了一座自己的天国。他们的每一个人，所做的每一件事，都是一次性的，也因这“一次性”里每一根血管都装满了热酒、爱情和美酒，他们终得永生。美国作家本·方登在其小说《良人难寻》中，写到了一位军人与非洲伏都教女神结婚的事，在初恋、热恋、结婚这样的村寨里，也有一些男人在祭司的主持下，与司杰卓密的铁匠女神举行了婚礼，这些男人一生忠诚于铁匠女神，可谁也没有看见铁匠女神是什么样子。

三、死人与活人的分界处

这确实不像一个地名。在基诺山上，只要有多少个寨子，就会有多少个这样的地名，甚至更多。而且，那些一个个遗弃了的村庄的废墟旁，也有这样的地名。所以，准确的说法应该是，有墓坑的地方，就有这样的地名。按照基诺族人祖先划定的人、鬼、神区域图来说，这样的地名就更多了，因为除了村庄和司杰卓密，所有的地方都是鬼的，也就是说，凡是村庄的外围线经过的地方，都是死人与活人的分界处。在基诺山古木森森的山谷中，卜天河一直哗啦啦地流淌着。它乳汁和血液般的流水，使两岸的河滩地既长满了凤凰花，也长满了香蕉、芒果、菠萝和酸角，还有菠萝蜜与椰子。在那些河滩地之上的斜坡上，则是古茶树和橡胶树的领地。这样的地方，自然最适宜于人与鬼分界。二〇一三年秋天，我重返卜天河的时候，曾经写过一首诗歌，名为《卜天河的黄昏》：

溪水的声音盖过了
河流。金色树冠上的蝉叫，大合唱里
暗藏了独白的树枝。白鹳的羽毛
一点点变灰，一点点变黑
河滩上走过一群野象
它们庞大的肉身，皮肉一块块地遗失
我形单影孤，抄经时用光了血滴
以和尚的身份过河时
流水没有情义，我的骨头
一根根变细，一根根变轻
我想三言两语，说出一条河流

凌迟与放逐的多义性；说出
第三条河岸隐形的邪教与暴力
说出脚底下永不停息的怒吼
但我进退两难，身在绝境
个体的基诺山王国中，真相即虚无
我不能开口说话，甚至不能在灭顶之际
反反复复地呼救。为此
人云亦云地减法，当它减去了
救命的稻草，减去了我的宽容与仁慈
就为了去到对岸，杳无人迹的地方
我想杀人。就为了肃清落日
带来的恐惧，我想杀人
就为了在卜天河上，捞起水中
一个个孤独奔跑的替死鬼，我想杀人
哦，那一天黄昏，在杀人狂的幻觉中
我草菅人命，杀光了内心想杀的人
现在，我是一个圣洁的婴儿
就等着你们，按自己的意志
将我抚养成人，或者再造一个恶灵

在我的笔底，卜天河是一条施洗者的河流，自然也是死人与活人的分界处，这几乎是所有河流共同的命运。至于卜天河的两岸尚有数不胜数的活人与死人分界处，其他河流也是一样的。必须在此急转直下，让卜天河凸显其与另外的河流相比更为辽阔的是，另外的河流上及其两岸，人们之于生死均是躲躲闪闪，同时又夸大生也夸大死，而卜天河的寄存者们，于生他们乐意吃光岸上所有的黄连，于死他们心花怒放赤裸裸地直奔神界而去，河流波动的镜子里面，很少出现骷髅和墓志铭。甚至还存在着这样一种说法，卜天河岸边林丛里多得像树叶的蝉，基诺人称其为“阿枯幽”，它们之所以不要命地大叫，因为它们都是死人的化身，尝到了死亡的蜜糖，这是前来为自己的亲人高唱死亡的赞歌，召唤亲人们尽快涉水过河，抵达死亡的彼岸。这个说法没有过错，针对精神世界中最极端的生死权衡和取舍，任何唯美的思想倾向都有着天国品质，何况那些贴着尘土的生、被长期忽视的生、只能把死亡当成希望的生，从来就不具备生的基本人权。我多次到过基诺人的墓地，看见它们按宗族分成不同的土坑，没有标识与墓碑，与普通的耕地没什么差异。那些土坑的尺寸是祖先测定的，有时间和死亡以来从未变过。凡有人死了，就葬之于土坑内，层层叠叠均是白骨，层层叠叠的白骨均有着血缘关系。异乡人普遍会觉得这存在着对死亡的不尊重，但他们觉得那无非是白骨而已，人的灵魂早就走了，不在土坑里了。为此，有的土坑甚至种上了庄稼和鲜花，牛或羊也毫无顾忌地啃食着上面的青草。令旁人稍有不解的当然是土坑的尺寸，它为什么不能扩大？解释又似乎带有一种对死亡的恐惧："一旦扩大了葬坑的面积，意味着会有更多的人死去。"不是人们都不惧死亡甚至乐于赴死？连环套里，人们又有说法："所有的人都纷纷死去了，人世间就找不到基诺人了。想死的人必须在人间耐心地排队。"人们排着长队，桤树排着长队，红毛榉排着长队，就连橡胶树和芒果树也排着长队，卜天河上的波涛排着长队滔滔无阻地向前流逝着。在那队列里，可以插进一根铁针或者一朵野花的地方，就是死人与活人的分界处。

南糯山记

一

西双版纳旧称车里。清朝冯甦《滇考》:“车里，在八百东，即古产里。汤时以短象、象齿为献，周公赐指南车归，故名曰车里。元兀良吉歹戍交趾，经其地，降之。至元中，置撤里路。明改车里军民府，寻升宣慰司。永乐中入寇，后惧而谢罪。万历十一年，明伐缅，其酋刀糯猛使贡象，实阴付于缅。兄居大车里，应缅使，弟居小车里，应汉使焉……”关于“车里”之名的来历，道光《云南志·地理志》亦云:“周成王时，越裳氏来朝，周公作指南车导王以归，故名车里。”

南诏国时期，设有金生城和银生城。方国瑜先生考证："樊绰《云南志》丽水城曰：'从上郎坪北里眉罗苴、盐井，又至安西城。'又曰：'眉罗苴西南有金生城。'……金生城，疑即今之青蒲附近，在八莫北伊洛瓦底江西岸，盖金生城以产金得名，即在江边也。"至于银生城，"樊绰《云南志》卷七曰：'茶出银生城界诸山，散收无采造法，蒙舍蛮以椒姜桂和烹而饮之。'按：银生城界者，即银生节度管辖界内，今所称云南普洱茶者，实产于倚邦、易武、勐海各地……则银生城界内产茶诸山，在今倚邦、易武、勐海等处可知也"。方先生没有明确指认银生城在西双版纳，但尤中教授的《云南民族史》一书中，则根据《南诏德化碑》所示，指认银生城就在"墨觜之乡"，即景洪一带，节度使是德化碑上的"赵龙细利"，即召龙细利。该节度之所以名"银生"，《清一统志》卷四百八十六普洱《山川》说："整董井，在府南二百五十里，蒙诏（按即南诏）时，夷目叭细里，佩剑游览，忽遇是井，水甚洁。细里以剑测水。数日，视其剑化为银。"文中的叭细里，尤中先生说："叭细里也可以写作叭细利。傣族中的地方头目称叭；王子则称召。细利其人，当其充当头目时称叭细利，一旦成了大王，便称召龙细利。"

金生城以产金而得名，银生城却无产银记载，乃是“剑化为银”，一下子就让人迷幻起来了。秘境之地，不辨东西南北，所以，这儿的头目进见周成王，周公还怕他找不到回家的路，命人为他制作了一辆指南车。其实，“周公作指南车导王以归”一说，同样是玄说，“指南”器具的发明，非周时所能为，乃后世为之，况就算有了一辆指南车，它如何能从中土驶入“墨觜之乡”？中原入滇之“五尺道”始修于秦，且雄山大川之间，马行亦需贴壁悬空，步步生死，明万历元年，四川巡抚曾省吾携万千兵将进剿僚僰，入此路便云：“石门不容轨，聊舍车而徒”，指南车在此，与“剑化为银”同出一辙，乃是史官们面对极边之国和蒙尘的光阴束手无策而凭生的无边想象。据此，我们也就不难发现，当地图上的名字都虚幻如梦境，地理学犹如迷药的配方，穷极地端的西双版纳在人烟袅袅升空以来，它除了受制于极富理想主义色彩的边缘政治（且政治之剑大都只插向短狗和耕象等异物的心脏），更多的时候，它乃是一个隐伏于热带雨林中的不为人知的自由王国。我们言必称此地的部落与王国屡屡进献于朝廷，乃是汉文化的话语霸权所致。《新唐书·南蛮传》云：“大中时（公元八四七至八五九年），李琢为安南经略史，苛墨自私，以斗盐易一牛。夷人不堪，结南诏将段酋迁陷安南都护府，号白衣没命军。”明代陈文编修的《景泰云南图经志书校注》曰：“至元甲戌，立彻里路军民总管府，岁赋其金银，随服随叛……其民皆百夷，性颇淳，额上刺一旗为号。作乐以手拍羊皮长鼓，而间以铜铙、铜鼓、拍板，其乡村饮宴则击大鼓，吹芦笙，舞牌为乐。”这两则典籍，白衣没命军，飘逸出尘却又生死不顾；额上刺旗且又性颇淳且又好饮宴且又随服随叛，大有魏晋的华美风骨。它们于字里行间，隆重举行的，一直是一场无须域外之人观赏的亦悲亦喜的旷世盛宴。叛，非叛也，自由的元素。

二

现在，我就站在或产里或交趾或撤里或车里或银生城的古老城邦的遗土之上，身后是集五十多年心力而建起来的崭新的景洪城，面对着的，是沉默而又动荡着的澜沧江，远处的跨江大桥，不是什么飞虹，倒像是一棵足以庇护一座寨子的大榕树，它以身躯横江，交通南北。就像大理古城总是在日斜西天之际陷入苍山的阴影，景洪城也一样的可以看着秀美无极的南糯山，与日行相反的方向，朝自己走过来。我最烦的电视广告：“品评黄山，天下无山”，真是一派胡言，天下无山了，黄山是山吗？一点常识都没有。没有常识，则无教养，更无敬畏。无山？珠峰是人类仰高之所；基诺山之卓杰峰，是基诺族人埋魂之地；佤山之司岗里，是佤族人悬挂万千牛头朝夕伏拜的圣地；卡瓦格博，藏族人的神山……而我现在洗心革面，欲登而又怕惊动诸多神灵的南糯山，在它的怀中，僾尼人和傣族人，死了，造一个墓穴，也必须抹平，不立什么石碑，不留什么碑文，也不堆什么坟包，是人神共奉的天堂。它山上的一棵茶树，死了，剩一洞穴，日本人和韩国人来朝拜，八百级台阶，跪拜着上去……相反，一如口出“天下无山”者，我们中间的许多人，上此山，看茶王树，脸上的汗水还没抹去，便掏出小刀，见树就刻某某到此一游、某某我爱你海枯石烂不变心之类。我不是泛神论者，可当人们告诉我，山上的这棵茶王树，是孔明亲手种下的，以前，树上常有白雾笼罩，且有一条赤红巨蛇，盘其上，充守护者，我为之动容。我知道此说之虚，但我更知道，最虚之处，挺立着山上民族伟大的信仰，存放着他们不死的灵魂。

南糯山立在景洪城之西，像所有的山一样，它有峰峦、沟壑、绝壁、石头和土，但它又与所有的石头山不一样，它穿着一件神赐的绿色的大袍，浑身上下，绿得每一寸肌肤都仿佛挂着绿宝石，我们所熟知的、陌生的和知之而又未见的——两百多科一千多属近四千种植物，在上面繁衍生长，它们亲密无间，搂肩搭臂，彼此深入对方的骨血，寄生者不感耻辱，供养者也不傲慢，粗高者抵天，低伏者贴地，生死由天命，谁也不争先，谁也不恐后，都是大地的毛发，所谓珍稀与滥贱，全系人子命定。每天早上，太阳出来，照耀十二版纳，也照耀此山。黄金之粉涂抹，一道道山梁是足金，绿被压住，斜坡和沟壑，金粉被吞掉一半，于是有了层次。有时，白雾从箐底往上疾走，一心想跟上彩云母亲的步伐，便见闪闪发亮的雾水，将金色之光浸得湿漉漉的。白雾一般都不是整体，南糯山有多少山谷，它就有多少支温柔的队伍，琴弦似的，列于山腰至山顶的区域。如果谁能弹奏此琴，当能发出这座山的所有声音。一座山的声音，石头的声音请金钱豹代劳；泥土的声音，用青蛙之口大喊；鸟儿总是飞来飞去，它们负责转达一棵树对另一棵树的意愿，转达得好，所有的树就在风中鼓掌，转达得不好，所有树就不高兴，一抖，身上的黄叶就落了一地；风是香风，它们的任务是把樟木和檀木的心香，一一地分发给每一物种；偶尔，会有几头孟加拉虎路过这儿，它们的吼声，据说是倭尼人在密林中喊魂，当然，如此破玉裂帛之声，也有祭师用来驱邪攘鬼……

日落或雨天，南糯山就会暗下来。悬浮其上的暗色，一如罩住西双版纳的几千年光阴，让人的目光始终难以穿透。所谓那些被我们看见的，无非只是一个山的轮廓。立于景洪之边，我相信这片土地上的一切，都没逃脱南糯山之眼，可它肯定不会站出来开口说话，更不可能移位于人类学家或史学家的案头，让这些皓首穷经者按下录音键，摄取一片土地的人类成长史。谜不可解，不宜解，山川明白这一点。

三

“以改变名称来改变事物，这是人类天生的诡辩行为！”语出马克思和恩格斯的《家庭的起源》。当这些族名、寨名、郡名、节度名、路名、州名和府名，一再地被改变，“诡辩”所带给我们的，也许就是事物真相的一再被遮蔽。但除了依赖于“诡辩”，站在几千年光阴这一头的我们，又能出何奇招呢，特别是当我们执迷于某些真相的时候？出生于布宜诺斯艾利斯的加拿大公民阿尔维托·曼古埃尔，对此的态度是："对我而言，纸上的文字带给世界一种连贯性。当马贡多的居民在百年孤寂中为一天降临的健忘症而备受折磨时，他们发现他们对世界的认知在迅速地消退，他们可能会忘记什么是牛，什么是树，什么是房子。他们发现，解药藏在文字里。为了想起世界于他们的意义，他们写下标签挂在牲畜和物品上：这是树，这是房子，这是牛……"（语出曼古埃尔《恋爱中的博尔赫斯》，王海萌译，华东师范大学出版社二〇〇七年四月版。）

所以，在遍寻诸多纸上文字并力求从中找到"世界的连贯性"之后，二〇〇七年六月十一日，在我的朋友刘钺和小白的引领下，我再一次怀着敬畏之心，走向了南糯山。需要在此多写几句的是，十日晚，为了给我壮行，我的另外一位朋友杨小兵夫妇，在景洪家中为我设家宴，所有的菜肴都是小兵先生亲自下厨，清汤水库鱼和景东腊肉等。他知我嗜酒，备下的酒都是好酒，他因糖尿病戒酒，我和刘钺大醉。席间，适逢其岳父遭遇车祸受伤，或许皆因我等来做客，他没到事故现场，其妻前往。虽没去，看得出来，小兵一直惴惴不安，直到妻子来电话，伤是小伤，他才舒了一口气。

南糯山隶属于勐海县格朗和乡。格朗和，哈尼语，意为“吉祥、幸福、安康”。勐海，傣语，意为“英雄居住的地方”。格朗和乡由南糯山、苏湖、帕真、帕沙和帕宫五个村委会组成，有五十八个自然村七十五个村民小组三千七百三十七户人家。在三百一十二点四四平方公里的土地上，居住着一万三千八百二十二个僾尼人、八百二十个傣族人、七百七十个拉祜族人和三百九十个汉人。也就是说，在这个区域，僾尼人是主体。按照祖先的习俗，从景洪至勐海的公路中段，转入南糯山处，立有一寨门。寨门有联：“茶王根深发千年，竹筒舞响传万里。”寨门的两边，左立一僾尼男青年木雕和一条狗的木雕，右立一僾尼女青年木雕及金鸡、猫和狗。或许是因为此寨门系乡政府所立，与山上的寨门不同，它没有驱邪避污之物悬挂，更像一个入山的路标。

僾尼人系哈尼族的一个支系，古称乌蛮、和蛮、窝泥等。据哈尼族口碑传说，其先民原住北方一条江边的“努美阿玛”平原，约秦汉之际迁入云南。作为古代羌系民族的后裔，哈尼人堪称稻作史祖，国外的一些人类学和汉学学者，把云南视为稻谷的发祥地，而这些均与哈尼族血肉相关。嘉庆《临安府志·土司志》描述哀牢山之哈尼梯田：“依山麓平旷处，开作田园，层层相间，远望如画，至山势峻急，蹑坎而登，有石梯蹬。山源高者，通以略杓，数里不绝。”在日本人类学学家鸟越宪三郎的笔下，更是有一幅令人荡气回肠的古代世界稻谷传播图。在此画卷中，涉及云南先民如何驯化和培育了稻谷，然后，往南，传播至东南亚并通过印度洋流布世界；往北，则以水路传播至中原广大地区；往西北，则甘陕；往东，则桂粤……此传播图远胜于茶叶的蔓延，对人类的贡献也更大。然而，在哈尼族的各支系中，也非所有支系均如元阳梯田的主人，乾隆《开化府志》说窝泥：“多处山麓种地”；乾隆《景东直属厅志》卷三说喇乌：“山居，亦务种植”；《滇南志略·临安府》说糯比：“居处无常，山荒则徙，耕种之处，男多烧炭，女多织草为排。”

我不知道南糯山的僾尼人究竟何时迁入的。尹绍亭先生的《云南刀耕火种志》：“现居西双版纳勐腊县麻木树乡的哈尼族，系自江河地区迁去。一九八五年笔者到该乡调查，坎落寨老人达努能背诵近五十代家谱，并说他们过去世代保持着这么一个传统：由于经常因打猎、战争等原因而迁移，所以男子总是随身带着三穗小米，每到一个新的地方，就把小米种下，来年便可收获。”由此看，南糯山的僾尼人，也应从红河迁入。但道光《普洱府志》卷十七："黑窝泥，宁洱、思茅、威远、他郎皆有之。"言及之处，距勐海更近，迁入的可能性也不小。

"哈尼"，哈，飞禽虎豹；尼，女性。凭字义理解，这是一个长期因受奴役而"退居山林"的民族。尤中教授《云南民族史》："（南诏时期）最初，和蛮（哈尼）、朴子蛮（布朗族和德昂族先民）都有一部分与金齿百夷共同住在平坝区，后来，同区域内金齿百夷中的贵族势力发展了，支配了平坝区，在平坝区的那部分和蛮、朴子蛮都被迫退入山区。"金齿百夷者，傣族。从哈傣杂居到哈入山居住这一事实来看，符合这一事实的区域，当时的西双版纳最存在可能性。也就是，哈尼入山，或者干脆说，哈尼族人进入南糯山的时间，有可能是在南诏时期，即唐代，距今已有一千四百年左右的时间。

如果说南糯山的一万两千亩古茶园以及那株已经枯死的八百年的树龄的茶王树，象征的是一种茶叶文明，并足以让我们撩开人类茶叶种植史的冰山一角，那么，我亦认为，哈尼人进入南糯山的时间，一定在一千四百年左右。为什么？任何一种文明尤其是山地文明的形成，诸多历史事例告诉我们，若非耗尽成百上千年的时光，否则断然难以建立。而且，每当这种文明发展到一定的高度，由于封闭，它可能再过一千年也难以朝前走一步。《后汉书·西南夷列传·哀牢传》及《华阳国志》中均言，在汉代，这儿的人民已经能取自然之物而成布匹，且称“蜀布”，被蜀商远销西域，让出使西域的张骞都看见过。可是，两千多年过去，至中华人民共和国成立以前，这一带依然极其落后。其手工业和农业生产水平仍然停留在汉代。一种文明，仿佛被放入了冰箱，或被自然之力悄悄地藏进了厚厚的冰川。当它醒来，世界已变得面目全非。

当然，现在的南糯山，早已把自己的身躯毫无保留地凸现在世界的目光之下。高速公路就在山脚下，往来的车辆足以把任何梦想带到世界的任何地方，而且这种运输的速度远非牛帮、象帮和马帮可比。开启南糯山现代之门的钥匙，它转动的时间，甚至早于其他门的打开。一九三八年，西南联大的一批师生抵昆明，云南省府“有调查普思边地之举”，一个名叫姚荷生的清华学生，得以参加调查队，且来到了西双版纳，并在之后出版了专著《水摆夷风土记》。在姚荷生的笔下，当时的勐海，已是茶的都市：“佛海是一个素不知名的新兴都市，像一股泉水突然从地下冒了出来。它的出生虽不久，但是发育得很快。现在每年的出口货物约值现金百余万元，在这一点上够算得上是云南的一二流大商埠了。假如我们可以僭妄地把车里（景洪）比作十二版纳的南京，那么佛海（勐海）便是夷区的上海……它是一个暴发户，一个土财主，它的巨大的财富藏在那褴褛的衣服下面。佛海城里只有一条短短的街道，不到半里长的光景。……街头街尾散布着几所高大坚实的房屋，里面的主人掌握着佛海的命运，这些便是佛海繁荣的基础——茶庄。”勐海的茶业为何会猛然兴起？姚先生说：“从前十二版纳出产的茶叶先运到思茅普洱，制成紧茶，所以称为普洱茶。西藏人由西康阿登子经大理来普洱购买。民国七年云和祥在佛海开始制造紧茶。经缅甸印度直接运到西藏边界葛伦铺卖给藏人，赚到很大的利益。商人闻风而来，许多茶庄先后成立。现在佛海约有大小茶号十余家，最大的是洪盛祥，在印度和西藏都设有分号，把茶叶直接运到西藏销售。”而那些小一些的茶庄，姚先生说，他们就联合起来，推荐出两个人负责把茶叶运到缅甸的景栋，再经仰光到印度，卖给印度商人，由他们转销西藏。勐海每年茶叶的输出额为六千至七千担，约值百余万元，但花在缅印境内的运费就达四十万元（银币）左右。姚先生还说，此地版纳的茶叶，主要以勐海为市，主销西藏，有一部分销内地的，仍然先运至普洱再转昆明，由于经济的勃兴，勐海“逐渐的摩登了，不仅道路铺上了柏油，建筑新式的医院、中学、图书馆和电灯厂也建立起来。这儿，有说汉话、穿西装、打网球、喝咖啡牛奶并把子女送入学校读汉书的勐海土司刀良臣；有学识渊博但因协助车里县长筑路而被称为‘夷奸’的猛混代办刀栋材；有会说英语和缅语并敢于娶顶真姑娘为妻而遭夷人反感的留学生土司刀栋柏；有边地英雄柯树勋之婿、富极穷边的群龙之首、茶商李拂一……”在姚先生笔下，当时的勐海真的是洋场味十足了。

众所周知，也就是姚先生所述的一九三八年，代表云南省府的白孟愚和代表中茶公司的范和钧，分别把当时世界上最先进的制茶机器，不辞千辛万苦，搬进了南糯山，建起了南糯山茶厂和佛海实验茶厂。此两人都曾留洋，都是茶叶大师，且都请来了当时中国最优秀的茶叶技师做助手，所以，他们入主南糯山，堪称现代普洱茶的发端，而南糯山也因此成了现代普洱茶的圣地。据很多老人回忆，范和钧执迷于制茶，白孟愚则在制茶之余，穷己之力，扶持茶农，在哈尼人中间，推进茶叶的科学种植与生产，是以被哈尼人称为“孔明老爹在世”。

被誉为“在世的孔明”，非众人能成。孔明的地位在夷边就像神灵。民国初，一位美国传教士名叫杨君（Mr. Young）的，在澜沧县的“倮黑人”中传教，人们置之不理。但这个杨传教士是一个绝顶聪明的人。他见人们极端崇拜孔明，便杜撰说，孔明和耶稣是兄弟，孔明是哥哥，耶稣是弟弟，信仰哥哥的也应该信仰弟弟……渐渐地，信仰耶稣的人便多了起来，以至后来，县政府召集倮黑人难上加难，传教士一声命令，便有数千倮黑人闻声而至。县长害怕了，便请省府交涉把传教士调出了澜沧（见姚荷生《水摆夷风土记》）。一样的道理，因为白孟愚有孔明之心、孔明之行，后来，他一声令下，很多人便跟着他提枪走上了抗日的沙场。

孔明的地位，很大程度上，取决于茶。很多学者把西双版纳、思茅等地的种茶史认定为一千七百年左右，原因就是附会了这一地区的民间传说。孔明伐滇，时间是公元二二五年，也就是一千七百八十二年前。他为何伐滇？意在定极边而取云南之财富，充实其军国之需，穷兵黩武。人们之所以奉其为茶祖，我以为，此地早已种茶产茶，而他立足于经济发展，规模化地组织边地之民种茶制茶，并有意识地搭建起了茶叶的贸易平台和流通渠道。我的老家昭通，自古皆是物资集散地，自古也都流传着一句话："搬不完的乌蒙，填不满的叙府（四川宜宾）。"同理，明代陈文编修的《景泰云南图经志书校注》中，载有翰林学士虞伯生为乌撒乌蒙道宣慰副使李京所著的《云南志略》写的序，其中有一句是这么说的："诸葛孔明用其豪杰而财赋足以给军国"，豪杰者，孟获之流也，得孟获，则得财赋，得了财赋，就可以出祁山，就可以和孙权、曹操三分天下。当然，要得财赋，理应扶持农耕、挖矿和植茶。

布朗和德昂本就是此区域中种茶最早的民族，有人助其种茶卖茶，此人能不成茶祖？布朗族传说，茶乃始祖岩叭冷遗物；德昂族创世古歌，说德昂乃"天下茶树"的子孙，茶乃圣物。哈尼人生活于布朗和德昂之间，自然也视茶为圣品，这用不着怀疑。

由孔明兴茶到范和钧与白孟愚入南糯山，上千年的风雨，茶树生死明灭，人烟几度迁徙，换了一代又一代，可山依然叫南糯，入山的门依然面对着从世界那边伸过来的一条条道路。南糯，傣语，"产笋酱的地方"，让其有名的却不是用竹笋做成的酱，而是普洱茶。

四

我把整个格朗和乡均称为“南糯山”。所以，这次入山，我没有再次去拜枯死的茶树王，而是取道姑娘寨，直奔水河老寨、水河新寨和曼真寨。当刘铖兄的皮卡从高速公路上转入山内，混凝土和铁栏栅便消失了，代之的，是树叶变成的红土、巨石变成的沙砾，路面时起时伏，山上流下来的泉水，也是路上的旅客。时有野鸡横飞，从一片树林到另一片树林，它飞至路的上空，或许有不踏实之感，却是我认定这山尚有除人之外的万千生灵的依据。从山上下来的摩托，像金钱豹，一眨眼，就扑到了眼前，再眨眼，不见了。骑在上面的僾尼或傣族小伙子，有的染了红发，有的手臂上文了文身，大多数都带着女孩子。在很多人的眼中，路是畏途，可我一点也没有感到颠簸，因为我来到了泥土、石头和树木的肺腑之中，来到了泉水和空气一样干净的世界的外面，而我要去的寨子，在云雾之中，在大树下面。寨子是人的寨子，亦是鬼神的故乡。

有几次，皮卡车驶上山峦，刘铖和小白，他们都有意让我在那儿眺望景洪城，我从城的钢筋水泥、玻璃幕墙、汗臭、交通法规和密密麻麻的脸孔中间逃跑出来，虽然也想看一看囚禁过我的地方，可我一时还难以谅解它、接受它。景洪，一座空气中有流水之声亦有火苗在蹿动的雨林中的城邦，它本已经是我见识过的最柔软也最缓慢的城，我爱它亦如爱我的故乡，可一旦深入大山这座自然的城府，唯有忘掉它，我才能全身心地去爱山并得到山的眷顾与同情。

水河老寨和水河新寨，原在乡政府驻地黑龙潭南面海拔二千一百九十六点八米的路南山上，后来国家实施整体搬迁，方得以从密林之中，移至黑龙潭坎区边缘。老寨和新寨均按传统的干栏式建筑风格建设而成，稍有不同的是，老寨的布局丢掉了随意性与自然性，每一座单体建筑都服从于严格的规划，按“井”字形结构，有了处处均呈直角的街巷。新寨由于建在气象不凡的一片坡地上面，傍山而俯视长满稻子和甘蔗的田野，建筑群体大多依山势而筑，错落有致，寨子中的道路也因此具有了线条美。老寨与新寨相距两公里左右，但不知什么原因，人们很少往来，问其缘由，被问者皆避而不答。

北京大学的人类学研究生肖志欣，是个女孩子，黑龙江人，为了调查偻尼人的家族制度，她已在水河老寨居住了几个月，并且还将住下去。我和刘铖进入水河老寨的时候，她已迎至寨门口。早晨的阳光下面，她戴一顶太阳帽，穿着T恤、蜡染的裤子，表面的符号意味着她已融入这片土地，可我们还是轻而易举地就可以把她从这片土地中剔除出来。她说："先去我们家坐坐吧。"从寨子的街巷中过，她频频用哈尼语与老人和孩子打招呼。据她说，到这儿来，因为没有翻译，她自己就努力学习哈尼语；因为文化部所给的资助只有五千元人民币，住不起乡政府旁的小旅馆，她就住进了一户偻尼人家，住久了，也就把那家当成了自己的家，家里的人，该叫爸爸的叫爸爸，该叫妈妈的叫妈妈，哥叫哥，妹叫妹，俨然家中的一个成员。而此户人家也把女儿赶到了沙发上，腾出一间房子让她住。认识她是经一个朋友介绍，来之前，我曾给她发过短信，问要不要帮她带些日常用品上山来，她回短信："这儿没那么偏僻。有心的话，给爸妈带一点小礼品。"她的"家"，在寨子的中央部位，跟着她上楼，屋内有些暗，左手边是三间卧室，屋中央是火塘，火塘上挂着一个被烟熏黑了的架子，上面有竹箕，里面是一些茶，另还有葫芦等其他物件，均已被柴烟熏得黑亮黑亮的。她的爸妈都在，热情地招呼我们。妈妈正在给其女儿穿戴传统的哈尼族盛妆，头冠上有绒球、银饰，有五彩斑斓的长长的流苏直抵腰部，腰带是贝壳做成的，手上的镯子是琥珀的，那是一个漂亮、健康的女孩子，我问她："要去见男朋友？"她只顾阳光灿烂地大笑，不答，银子般的牙齿，是天生的最美的银饰。肖志欣说，不是去会男朋友，是要去迎树棺，寨子里一个老人死了，砍树棺的人还在山上，妹妹之所以盛妆，是传统的避邪方式。

寨子距砍树棺的山腰只有两公里左右，我们才到半路，就听见毕毕剥剥的吹伐声从一条箐沟的密林中传出。领我们去的是一个小伙子，非常健壮，宽宽的脸庞上，似乎藏着北方祖先的影子。他几乎没有言语，脸上的黑色，似乎就是我们常常挂在嘴边的"沉默"。进入砍树棺现场的小路是新辟出来的，刀伐的灌木创口，还散发着芬芳。所谓树棺，就是把一棵最粗的大树砍倒，用最好的一截，剖成两半，根据死者身体的尺寸，砍成棺木。砍树棺的现场，有十多个人，有长者，有后生。长者做些技术活，后生主要的任务就是挥舞着长刀，不停地砍。这棵用来做树棺的大树，原先就长在旁边十米开外，它倒下时，砸倒了一大片灌木。有一位老人，一直在用一根代表尺寸的竹子在树棺上测量，他告诉我，这棵树是山里最大的一棵了，再也找不出第二棵。我问他，如果大树都没有了，以后用什么来砍整木的树棺？他没有回应。

棺木分公母。公的在上，背部亦凿出镂空状，棺头和棺尾分别留出两根对刺状的剑尖式的木刃，两个“剑尖”中间尚有近一尺的空隙。“剑尖”本是原木的表层，所以悬空，其下又有顺棺而成的“工”字形木格，“工”字中竖着的那笔，在两个“剑尖”对刺的空隙处，凸起一方块……各具象征性，总的来说，就是要让死者入土为安，且要让其鬼魂静处地下，不要再回寨子去吃人。我问用竹子测量棺木的那位老人，那“剑尖”是什么意思。他回答了，哈尼语，引我们上山的小伙子翻译成汉话：“鬼的生殖器。”众人闻之，大笑。母棺在下，用于盛亡者，其空落处，按人体尺寸而凿，其状如船，包括底部，亦像木船的底。这棵被凿成棺木的树，是棵老树，砍开的地方，寸寸都如上等的宣威火腿，红红的，泛着油光。我想，亡者入其腹，当是最好的归处。

五

《百夷传》：“父母亡，不用僧道。祭则用妇人，祝于尸前，诸亲戚邻人，各持酒物于丧家，聚少年数百人，饮酒作乐，歌舞达旦，谓之娱尸；妇人群聚，击椎杆为戏，数日后而葬。”这记载的是古代傣族的葬礼。与“尸”相似，在我的老家昭通，老人逝，称之为“白喜事”，亲戚邻居亦歌舞升平，谓之“以乐致哀”。水河老寨的这场葬礼，也无僧道，有“尸”或“以乐致哀”的情态，人们喝酒吃肉，欢歌笑语，打牌作乐。我前往灵堂去祭奠，交五元钱给死者的儿子，上楼穿过人群，见树棺已装入亡者，上盖一竹编的篾席，静静地停放在屋子的一角。刚准备到露台上去坐坐，引我们上山看砍树棺的那个小伙子告诉我：“你应该去祭一下老人。”再转到棺木前，见那儿放着一个巨大的簸箕，小伙子又提醒我，要抓三撮簸箕里的东西，分别撒于棺前。光线太暗，没看清簸箕里的东西是什么，抓起来才发现是茶叶。

法国的马塞尔·莫斯和昂利·于贝尔合著的《献祭的性质与功能》一书中说：“在每一种献祭中，一个祭品从一般领域进入宗教领域中，它是被圣化的……提供牺牲以为圣化物品的依者，在操作结束时被献祭者与他在开始的时候完全不一样了。他已经获得了一种在以前所没有的宗教品格，或者已经祛除了他在先前感染的不利品格；他已经将自己提升到一种体面的状态，或者已经脱离了罪恶的状态……”我所了解的献祭世界，也一如两位法国人所言，当献祭完毕，无论我们用什么物品作为祭献物，它们必将让被献祭者转入另一生命轨道，或得到神圣，或剔除罪恶，是一种彻底的超度。然而，以茶叶作为圣化的物品载体，却是第一次碰到。以此就来认定茶叶与僾尼人的精神关系，本来也可以说证据充分，至少可以说明，在僾尼人的生活现场，茶叶足以让一个死者体面地安息，但我似乎又隐隐约约地觉得，这儿的茶叶，应该是礼品，让亡者带在身上，在未知的世界中旅行时，可以喝上一口。而且，这茶，犹如不朽的纪念品，当亡者去了另一世界而又不能返回，茶中自有亲人和故土。同样，佤族也有一句话：“你喝了茶叶水，你就见到了鬼魂。”鬼魂者，祖先也；茶者，通灵之物也。但佤族之语，个体性强烈，没有僾尼人以茶为祭更具包容性。佤族之茶，可惜其回到祖先的身边；僾尼之茶，则有双向性，宗教意味也非常浓郁。

静静地停放着亡者的地方，楼上以牌为乐的声音此起彼伏；楼上，一头猪正被宰杀，猪血流了一地，有人以稻谷掩之，引来几十只鸡，不停地啄食。这些被血染红了的谷粒，很快地，带着猪的血和命，进入了另外一种生灵的生命。所杀的猪，因为是葬礼，不刮毛，更不去皮，一一地剁成小块，分成几十份，堆在街心的芭蕉叶上。不一会儿，外姓人家来帮忙的，团团地围了上来，一人取走一份。本姓人家，不取。

六

年轻时，我读过著名彝族诗人吉狄马加的一首诗，名字叫《黑色的河流》：

> 我了解葬礼，
> 我了解大山里彝人古老的葬礼。
> （在一条黑色的河流上，
> 人性的眼睛闪着黄金的光。）
> 我看见人的河流，正从山谷中悄悄穿过。
> 我看见人的河流，正漾起那悲哀的微波。
> 沉沉地穿越这冷暖的人间，
> 沉沉地穿越这神奇的世界。
> 我看见人的河流，汇聚成海洋，
> 在死亡的身边喧响，祖先的图腾被幻想在天上。

我看见送葬的人，灵魂像梦一样，
在那火枪的召唤声里，幻化出原始美的衣裳。
我看见死去的人，像大山那样安详，
在一千双手的爱抚下，听友情歌唱忧伤。
我了解葬礼，
我了解大山里彝人古老的葬礼。
（在一条黑色的河流上，
人性的眼睛闪着黄金的光。）

偻尼老人的葬礼，时间定在下午四点左右。盛妆去迎空棺的少女们，到了送葬的时候，相反穿起了平时的衣服。没有什么仪式，人们将灵柩从楼上搬下来，抬着，一路地就往坟山而去。直系的亲人，男的，头上扎一绺红布，在亲戚和邻居的簇拥下，跟在灵柩的后面。死者的儿子，穿一双拖鞋，背一竹篓，里面有盛水的竹筒、篓筐之类，右手提一卷篾席，左手提一竹凳和竹编的遮阳帽，其表情，似乎有悲戚之色，但又淡淡的。送葬的队伍大抵只有几十个，没来的同寨人，或坐在自家的楼上，或坐在街边的摩托车上，有的还坐在年轻人用来谈恋爱的小楼下，静静地看着。那些坐在自己小楼平台上观看的人，就如同坐在包厢里看话剧，见送葬的队伍，如流水一般，很快就穿过了小街的河床，从寨子的后门，往山上去了。与吉狄马加笔下的“黑色的河流”不同，这只是一堵波浪，而且是彩色的。他们出了寨子，就走上了一条白花花的路。路的两边均是绿茵茵的甘蔗林，风一吹，泛起一阵阵太阳的白光。

我远远跟在后面，见几个水河新寨的年轻人，骑着摩托车过来，看见送葬的队伍，便停下，直到队伍消失在岔路的林荫中，方才起动摩托。向之，言不来往。我没有去坟山看下葬，据说，坟是平的，上面仍可以种庄稼，多年后，埋此人之土，完全又可能埋入另一个人。不是低调，而是真的入土，成了土的一部分。最大的禁忌是，入土时，生人不能把影子投入坟坑，投入就会被一起埋掉。

当我转回寨子的时候，寨子是空的，刚才观看葬礼的那些人，不知去哪儿了。寨子的木板墙或柱子上，到处可见一些奇特的符号。亡者之家的门口，杀猪的用火还燃着，一个小伙子静静地蹲在那儿，红色的T恤衫，背上八个字：“宗申双核，赛车动力”，想必是买摩托时厂家所赠。转到寨门处，有一公共厕所，上有两幅标语，一幅是：“家长辛苦九年，孩子幸福一生”；另一幅是：“少生奖励，夫妻受益”。往乡政府方向走，杂草丛中的一间土坯房，墙上也有一幅标语：“世界再大也不怕，学好文化走天下。”

七

刘钺和小白，有事回了景洪，我一个人就在一家没有名字的小旅馆中住了下来。到吃饭的时候，同样去一家没有名字的饭馆吃饭。旅馆的主人，开了一家百货铺，门前摆一张麻将桌，从天亮到天黑，都有人在那儿打麻将，饿了，就在旁边的一个米粉铺上吃碗米粉，然后又接着打。从我住的房间往外看，可以看见竹林中的傣族寨子曼真。寨子的旁边有一水库，整天白晃晃的，风一吹水，水上的光就一闪一闪的。这间房子，估计某个下乡的干部住过，电视机旁边遗下一张报纸，上面有篇文章，说的是勐海二〇〇六年的茶叶生产与销售情况。文章说，二〇〇六年，勐海县有精制茶厂八十二家，产精制茶一万三千吨，实现茶工业产值五点七亿元人民币，农民人均收入达到了一千二百多元，茶企业上缴税利二千五百万元，银行存款余额达二十三亿元……

从我住的旅馆走路去曼真，只要十多分钟。我没有沿着大路走过去，而是从水库边绕着过去。水库的旁边有一所中学，田径运动场上长满了荒草，旁边的一棵大榕树上，有几个疑为逃课的少年坐在上面。那真是一个天然的藏身之所，要是他们不讲话，你从树下走过，肯定不会发现他们。可以肯定，那是他们的空中乐园，在我的注视下，他们像猴子一样，从一根树枝蹿到另一根树枝，轻盈、迅捷。但当我把相机镜头对准他们，他们迅速地把屁股朝向树底，不配合。待我走远，听见他们一齐模仿做爱的声音，激情、高调、起伏有致又不管不顾。

水库边上养鱼，浮着一间微型木屋，门上伸出两个狗头，见了我，就是一阵狂吠，弄得木屋在水面上波动不止。水库边有一荒地，野草齐腰。中间有两块新垦的活土，分别插着两把雨伞，觉得奇怪，便拍了几张照片。远远地看见一中年男人赶着一群牛过来，我便迎上去，问他那是什么，他说："傣族人的坟。"坟也是平的，几年后，雨伞破了，野草长出来，不知道有多少人记得，那下面埋着人。

早上的曼真，也是个空寨，几个黄色的小和尚在打桌球，另外一个小和尚骑着自行车在寨子里飞奔。

八

肖志欣是那一场葬礼上最忙的一个人，从砍树棺到下葬，她一刻也没离开过。至亡者入葬，她才抽身导我，去水河新寨拜见寨中“贝毛”（祭师）。出其家门时，又见其家女儿盛妆，遂叫她们站在门前合影。那道木门，经年累月，贴满了港台男女明星的照片，不下二十张，有古天乐摆酷，有梁咏琪做淑女状，有谢霆锋一脸凶气，有郑伊健胸上文身持长刀的样子……明星照垫底，上有春联是中国电信的赠品，联云：“万事如意全家福，一帆风顺家业旺。”印象中，明星中间，还贴了一门神，好像是关羽。家挂明星照，已成习俗之势，我到过的山野人家，莫不如此，就连新寨的“贝毛”家中，也不免俗。

“贝毛”，六十岁左右，一脸的亲和与慈祥，见我们入其家，便招呼吃饭。他说哈尼语，与肖志欣对答，我偶尔插言，他亦能说一些简单的汉语。他的家在“寨心”的旁边，屋内格局与肖志欣所住那户人家同，但明显地可以感觉到，他家经济条件要好得多，且非常整洁。新买来的沙发靠墙而卧，肖志欣没坐，他的儿子便把沙发搬了过来，一定要她坐到那床单罩住的沙发上。听说我们已经吃过饭，一家三口也就没多客气，自顾吃饭，饭间，“贝毛”之妻偶尔站起，为我们盛茶水，“贝毛”则拿来一盒饼干。由于肖志欣的哈尼语显然还难以和“贝毛”进行深入的交流，所以，当我们坐在“贝毛”家看了一段时间的用缅甸语制作的卡拉OK音乐之后，饭后的“贝毛”，取来一张自己刻录的光碟，陪着我们看。光碟的内容，关于“相剁剁”：深夜，杀一只山羊于寨门外，置钱币等物于地上的芭蕉叶上，“贝毛”在暗光中，平静地念经。语调平缓绵长，持续时间近一个小时。内容多有重复，据肖志欣讲，关注的核心，总是生活的平安，“贝毛”口中的语词，大都是日常生活的具象。我是听天书，不知所云，只能从那暗夜、神秘的文字、山羊、沉默的围观者和偶尔闪过的亮光，所共同组成的气氛中，觉察到，仿佛有一股力量，在把困扰人们的鬼邪之物，往黑夜的更深处驱赶，让它们远离人居的寨子。而被驱逐者不可见，在空气中，在具体的物件上，无影无形无声，它们并不想走，所以，作为人鬼之间的“贝毛”，献之以牺牲。子曰："祭如在，祭神如神在。”一样的道理，祭鬼鬼亦在。做过云南姚安知府的明代卓越的思想家李贽（回族人，原名林载贽，字宏甫，号卓吾，别号温陵居士，福建泉州人）在其《焚书·鬼神论》中曰："小人之无忌惮，皆由于不敬鬼神，是以不能务民义以致昭事之勤……"说到人为什么怕鬼，他说："乃后世独讳言鬼，何哉？非讳之也，未尝通于幽明之故而知鬼神之情状也。"不敬鬼神则不知敬畏，以为天地万物都可玩于股掌，类似的人不少。而人之所以怕鬼，乃心鬼作怪，人若如"贝毛"，对鬼，敬之，则可驱之。鬼之情状，几人能见？大都是心造的幻境。少年时，在老家，我的一位大爷说，以乌鸦血涂眼，就可以看到鬼的世界。他之说，方法论，但没人敢亲历，乐于心想，乐于自己跟自己的影子战斗。

"贝毛"之经，全靠口传心记，现在寨子里的年轻人，无心于此，每到夜中，便骑摩托车下山，喝酒去了。他之法，相信会成绝响。由于普洱茶热销，茶园面积极大的南糯山，茶农收入颇丰，是以多数的年轻人都购置了摩托车。据交警部门的朋友说，近来在僾尼人中，曾发生了两场"决斗"事件：为了得到一个女孩子的垂青，两个年轻人，骑车来到高速公路上，分立一百米左右的路的两端，加足马力，狂飙一样对撞……

从"贝毛"家出来，夜已深，"寨心"广场亦黑黝黝的。

从新寨返老寨的道路两旁，萤火虫跟天上的星星一样多，像寂静世界的舞台上的布景，至于上演的歌剧，来自青蛙。可以想象，在青草和甘蔗林中，肯定集中了全世界的青蛙，它们一起鼓着腮帮，拼命地高歌。送肖志欣返家，其家对门的一户人家，有人吹笛，有人唱歌。歌不是什么古歌，《边疆的泉水清又甜》之类。唱什么歌很次要，触动我心的，是这样一种劳作之后的家庭生活。它远了，远如传说，是夜，却让我在水河老寨遇上，仿佛看见我那去世多年的老外婆，有一头银发，笑盈盈地又回家来了。

九

离开南糯山的时候，我又在其寨门前踟蹰了很久。这个哈尼语称“勒坑”的地方，仿佛一个世界的出口和入口。类似的寨门，南糯山有很多，但规模稍小，却更直接。比如一男一女的木雕，在山上是裸体或以男女生殖器代之，在这儿却是盛妆。寨门分三种，前门，全寨活人进出的圣门和净门；后门，死人出进，通向山野；侧门，家畜及因事故而死者进出，乃不净之门。正门的门顶横梁上，端坐木雕鸟阿吉，它是天神的坐骑，是寨神降临的象征，能拒恶灵于寨门之外。之所以立狗之木雕，他们认为："狗血淋洒之处，即是人鬼的分界线。"在他们的文化谱系中，人鬼本是双胞胎兄弟，但人鬼不合，见面就有争斗，为了平息事端，天神摩咪拉下夜幕遮住了他们的眼睛，并趁机将他们分开，划地为界。也因此，僾尼人忌生双胞胎，一旦生了就被视为恶灵，溺婴，并将其亲人赶出村寨，以火焚其屋，一年之内，不准与寨人交谈。

关于寨门，门图和高和所编的《僾尼风俗歌》中有《寨门神献词》：

哦，神圣的寨门神，
今天是老扛阿培（巴门节），
是个吉利的日子，
我们用新鲜猪血，
我们用喷香的米酒，
祭祀你……
哦，吉祥的老扛然明（寨门女神），
威严的老扛然优（寨门男神），
你们是山寨的卫士，

你们是山寨的眼睛，

你们有无比的神力，

你们有非凡的智慧，

你们有超人的胆量，

你们替嘴玛（寨主）守寨门，

你们为山寨驱鬼邪。

因为有了你，

山寨才会安宁；

因为有了你，

五谷才会丰登，

六畜才会兴旺……

寨门上有九个台阶，

台台上面都有猫狗虎豹站立。

门柱边挂着木刀木枪和梭镖，

神男神女两边站，

把不幸和灾难挡在门外，

将吉祥和如意送进山寨。

哦，神圣的寨门神，

威严的寨门神，

你是一棵参天大树，
不会在旱季里枯死；
你是一块巨大的磐石，
不会在狂风大浪前动摇。
鬼神在你面前怯步，
病魔在你面前低头。
哦，神圣的寨门神，
威严的寨门神……
但愿你不要让我们失望，
这是嘴玛的吩咐，
这是寨人的祈求。

寨门旁的木雕男女，更多的是利用人形的树丫，顺自然之势而雕成，基于生殖与繁衍，突出男女生殖器，有的甚至将男根和女乳涂成红色。也有寨门，男女木雕并排而立，男女互执对方的性器官。至于木雕交媾者，也有。

据说，每年樱桃成熟的时候，就是僾尼人立寨门的时候。寨门竖起，在肃穆的气氛中，参与之人，都要气沉丹田大喊三声："杀！杀！杀！"杀什么？杀寨门之外的辽阔的世界上的鬼。我所面对的这个寨门，已不是传统文化的那一类，它立着，只是一个象征。难怪说，每年的九月驱鬼，当人们挥舞着用木炭画满咒符的木刀，在“贝毛”的率领下，满寨做砍杀状，赶出来的鬼，也敢从此经过，一路走到世界上去。